PROSA NOSTRA

71

Rosa María Mateos Ruiz

El centinela de mi puerta

La Discreta
Prosa Nostra

Segunda edición: 2023

Coordinación editorial: Elena Cianca Aguilar y Emilio Gavilanes
Ilustración de cubierta: Tamarán Junco
Realización de cubierta: Tamarán Junco
Diseño de la colección: Tamarán Junco
Maquetación: Tamarán Junco

ISBN: 978-84-18130-17-5
Depósito legal: M-8556-2023

Ediciones de La Discreta, S.L.
C/ Arroyo de los Sauces, 14, 3.º, 2
28430 Alpedrete (Madrid)
Tel. 91 8515083; 625555882
www.ladiscreta.com
e-mail: administracion@ladiscreta.com

Impreso en Imprenta Kadmos, S.C.L.; España / Printed in Spain

EL CENTINELA DE MI PUERTA

Para Benito, en cuyos brazos nuestros pequeños hijos dormían plácidamente.

«**La morada**
¿Civilización?
Mi morada es la encrucijada del tiempo,
los Jardines de Babilonia
colgando del muro,
donde los ríos fluyen y los pájaros nadan en el cielo
y allí permanece el centinela de mi puerta:
un león alado de Sumeria».

Salah Niazi

I

«La planta de tus pies aún conserva el aroma de las flores.
No lo puedes negar, amor,
caminaste entre las violetas».

Elena Soto

¿Quién fue verdaderamente Elisa? Nunca lo sabré. Y lo cierto es que ya no me importa. Se me olvidó que la olvidé, que dice la canción, a pesar de que hubo un tiempo en el que ella fue el centro de mi vida. ¡Ay, el amor! Es un chasquido de dedos que se lleva el viento, efímero y volátil.

Mi existencia dio un giro copernicano la mañana de domingo que recibí la llamada de la policía. Estaba solo, preparándome un zumo de naranja para desayunar. Cuando ella no estaba aprovechaba para levantarme tarde y deambular por la casa abriendo cajones. Buscaba cosas que creía perdidas. Entonces no podía escribir hasta bien pasado el mediodía.

Elisa no volvería hasta el martes, fue lo que me dijo; se había marchado a uno de sus habituales viajes de negocios de los que yo apenas sabía nada. La verdad es que nunca mostré el más mínimo interés por su mundo laboral, tan absorto que andaba entre mis libros de viajes y las promociones literarias. Entonces me tenía por un hombre importante, ingenuo de mí. Por otro lado, Elisa siempre llevaba de forma discreta y sigilosa sus asuntos comerciales. Las tiendas de ropa y utensilios de bebé no despertaron jamás mi curiosidad; de hecho, me parecía un negocio de lo más aburrido y poco apropiado para la reaccionaria personalidad de mi mujer.

El comisario hablaba con prisas, medio aturdido. Me pareció entender que habían encontrado a Elisa malherida en un hotel del centro de Madrid, a escasos metros de la plaza de España.

—¿Está seguro? Mi mujer está de viaje en el extranjero. Se ha debido confundir —le respondí.

—Haga el favor de venir cuanto antes. Le espero en la entrada principal del hospital Doce de Octubre —insistió el comisario.

Desconcertado no supe qué hacer. Colgué el teléfono e instintivamente llamé a mi hermana Rosario, que debía andar durmiendo la mona después de sus tradicionales fiestas de los sábados. Se había divorciado meses atrás y revoloteaba como una adolescente por el Madrid nocturno.

—Estoy allí en siete minutos —me dijo—. Lo que tarde en pillar un taxi y llegar a tu casa.

Pocos minutos más tarde supimos que el hielo de los vasos aún no se había derretido cuando los agentes derribaron la puerta de la habitación 345 del hotel Bora Bora, para encontrarles vestidos sobre la cama como un par de tímidos adolescentes en su primera cita. Él llevaba un lazo de raso blanco en la muñeca, con varios nudos a modo de recordatorio, y Elisa unas medias de cristal bajo la falda, a pesar del terrible calor del mes de julio. El asesino había volcado el contenido de su bolso por la cama: el móvil, un par de pintalabios, la agenda, el abanico que le traje de Manila y su cartera sin abrir, con un billete de quinientos euros abrazando el DNI. Únicamente quedaba dentro del bolso una extraña llave con una etiqueta donde se podía leer: «Salón de baile».

La ropa de él también había sido registrada y los agentes solo encontraron los bolsillos vueltos del revés y una vieja cartera con unas pocas monedas. Había caramelos de menta desperdigados por el suelo, pero ni un solo indicio de fuerza o pelea.

—El asesino buscaba algo que no era dinero —concretó el comisario.

—¿Le suena de dónde puede ser la llave con la inscripción de «Salón de baile»? —preguntó el ayudante—. Parece antigua.

—Los martes y jueves iba a clases de zumba, al gimnasio que hay en la esquina de nuestra calle. Pudiera ser la llave de la taquilla para dejar la ropa —respondí sin mucho convencimiento.

Hacía un terrible frío artificial en aquella sala prístina y blanca. Recibí un golpe de olor a laboratorio de biología; esa terrible mezcla de formol con vísceras que deja un sabor metálico en la boca. Sentí arcadas y cierto mareo. El cuerpo de Elisa yacía tumbado en una camilla de la morgue del hospital. Su cabello rojo se desparramaba por el cabezal en una catarata de ondas y sus pequeños pies de niña asomaban bajo la sábana. Tenía las uñas pintadas de violeta.

—Una bala directa a la cabeza, limpia y certera. Sin duda se trata de un profesional —nos informó el comisario levantando la sábana que cubría el cadáver de mi mujer.

—Cierto, pero el primer disparo lo recibió ella, directo a la frente, a la altura del entrecejo —comentó el subordinado—. El asesino debía ser zurdo, porque su señora estaba situada a la derecha del tiro.

Mi hermana tuvo que sujetarme por la espalda y agarrarme fuerte de la mano. La piel de Elisa tenía cierto tono amarillento y el orificio sobre la frente parecía una de esas heridas que se pintan los niños en Halloween: nítida y perfecta. No tuve fuerzas para articular una sola palabra y reconocí el cadáver de mi mujer con un gesto de asentimiento. El celador volvió a tapar su bello cuerpo con la sábana blanca. «Adiós, Elisa, adiós» fue lo único que pude musitar entre las lágrimas.

El cuerpo de su acompañante quedó también al descubierto. Jamás había visto con anterioridad a ese hombre, le confesé a la policía. Era un adulto con cara de niño; me sorprendió el tamaño de su cuerpo, descomunal, y la forma tan cúbica de su cabeza llena de rizos. Debía medir cerca de dos metros y tenía las manos abiertas con las dimensiones de agarrar una pelota de baloncesto. Se llamaba Enrique Gabarri, alias el Cucharilla, un conocido delincuente de Lavapiés con el mayor récord de denuncias por hurto de todo Madrid. Se ganó el mote con su primera detención: se había colado en la fiesta de una marquesa e hizo acopio de todas las cucharillas de plata que sacaron para los postres. Le pillaron con los bolsillos a rebosar poco antes de intentar huir por la escalera de servicio. El gigante se había reciclado últimamente al robo de carteras y relojes de lujo, delitos sin fuerza, con un radio de acción de dos paradas de metro desde el epicentro de la Puerta del Sol.

—El Cucharilla era más simple que un reloj de arena y con un cerebro de mosquito. Lo mismo que tenía de grande lo tenía de tonto —nos informó el subordinado.

—Pero su último gesto fue protegerla. Recibió la bala cuando intentó escudar a su mujer con su propio cuerpo —me indicó el comisario.

Debo confesar que sentí cierta compasión por aquel grandullón y que, en ningún momento, se me pasó por la cabeza que pudiera ser el amante de mi mujer, a pesar de ser la versión que —intuí— manejaba ya la policía.

—Tenemos la confirmación de que su mujer pagó las fianzas del Cucharilla, una tras otra, durante los últimos años. Siempre al contado. Además, fue ella quien le recogió de la comisaría cada una de las quince veces que le detuvimos —nos informó el comisario.

Nos quedamos helados. Jamás hubiera imaginado a mi mujer en una comisaría rescatando a un maleante de tres al cuarto. Nosotros vivíamos en el barrio de Salamanca, nos codeábamos con gente bien y nunca habíamos tratado con delincuentes (que yo supiera, claro). Sin duda todo esto era una dolorosa pesadilla, una confusión que se resolvería de inmediato, me consolé.

—Siento decirle estas palabras en un momento así, con su señora de cuerpo presente, pero estamos barajando que ambos eran amantes desde hacía tiempo. El Cucharilla tenía enemigos, de eso no tenemos la menor duda. Hasta la gente más insignificante los tiene. Nuestra hipótesis de trabajo es un ajuste de cuentas que ha pillado a su señora en el lugar y el momento equivocado. Ya sabe usted los trapicheos que se traen estos ladronzuelos de poca monta.

¡Pues no! Señor comisario, entonces no tenía ni puñetera idea de ese mundo. Yo era un reconocido escritor de viajes, un erudito del Renacimiento italiano que vivía en el universo de las palabras y el reino de la belleza, ajeno a robos, asesinatos y ajustes de cuentas. Soy un caballero de los pies a la cabeza, estuve a punto de decirle, un refinado que huye de los callejones solitarios, de los pobres en los soportales y de la fealdad del mundo. Viajo con frecuencia a Roma, Florencia, París y leo a Saramago, Muñoz Molina y Javier Marías. Los domingos tomo el vermut en Lhardy y frecuento las recepciones de las embajadas. Así era mi vida, señor comisario, antes de que usted encontrara a mi mujer en la habitación 345 del hotel Bora Bora con aquel gigantón.

—Tenemos una única testigo; una señora que dormía en la habitación contigua escuchó los disparos —dos exactamente— y pudo ver al asesino en su huida hacia las escaleras, con la pistola aún caliente en la mano. Solo le vio de espaldas, pero en su declaración afirma que se trata de un joven blanco de unos 30 años, alto y moreno, correctamente vestido y con un pequeño tatuaje en el brazo derecho: ¿quizás un trébol? El asesino escapó por la salida de incendios, abriendo la puerta sin dilación hacia dentro, como Pedro por su casa. Dejó una estela de perfume varonil, de los caros, puntualizó la señora. Estamos cotejando esta descripción con los delincuentes fichados —nos informó el comisario.

Fue en este momento cuando comencé a asimilar el alcance de lo ocurrido. Hasta entonces había actuado como un sonámbulo, como si todo fuera una película y yo un mero espectador en la sala de butacas. Hacía tan solo unas horas que mi mujer había sido asesinada por un desconocido mientras yo la imaginaba tomando un *cappuccino* en la Piazza del Campo de Siena. Empecé a sentir una ligera presión en el pecho y noté cómo me temblaban las piernas. ¿Estaba viviendo una realidad?

Mi hermana decidió tomar la iniciativa con una serie de preguntas prácticas sobre qué hacer con el cadáver y cómo llamar a una empresa funeraria para que se hiciera cargo del embrollo. El comisario nos miró, se atusó la nutrida mata de pelo y adoptó una postura casi paternal hacia nosotros.

—Lo sentimos, aún no se pueden llevar el cuerpo. La jueza ha dictaminado una autopsia que no se realizará hasta mañana. Mientras tanto, necesitamos su declaración en comisaría y que nos facilite, esta misma tarde, la inspección de su vivienda —me dijo el comisario aireando la orden judicial que ya tenía entre sus manos.

«El comisario era muy guapo, como un actor de cine de los de antes», dijo mi hermana en el taxi de vuelta; «y además sin anillo», remarcó.

Rosarito tiene la capacidad de banalizar cualquier situación por embarazosa que sea; y esta lo era. A mí me pareció un relamido de los pies a la cabeza, de ese tipo de hombres que van por ahí haciéndose los interesantes. No obstante, reconocí que se trataba de un profesional. De camino a la comisaría, Rosarito me atormentó con ráfagas de preguntas que disparaba en voz baja para que el taxista no pudiera escucharnos.

—¿Nunca te habló del Cucharilla ni sospechaste que tenía un amante? Esas cosas se saben, Luis. Hay indicios: empiezan a llegar más tarde, surgen viajes inesperados, la excusa del trabajo... A mi ex le desenmascaré enseguida, más que nada porque andaba todo el día pegado al móvil, escribiéndole mensajitos a la otra.

—Ya sabes cómo era Elisa, siempre tan independiente —afirmé en defensa propia.

—Y tan rara, hijo, que nunca sabías por dónde cogerla, con ese halo de misterio. Bien que te avisó mamá cuando te casaste. Pues ya ves lo que hacía tu mujer mientras escribías esas odas a Raffaelo y al Pinturicchio. Si es que somos un par de pardillos, Luisito. Eso es lo que somos, un par de pringaos sin remedio.

—Si lo llego a saber no te llamo, Rosarito.

Mi declaración en comisaría confirmó lo que había dicho en el hospital y vino a reafirmar mi estado de inocencia. Ante los ojos de la policía, me convertía en un cornudo oficial que vivía en la inopia más supina. Algunas risitas pude intuir en las caras de los funcionarios. Mi hermana quiso también que le tomaran declaración para salir en mi defensa, dejando caer la duda sobre una cuñada que nunca le había dado buena espina, según les comentó. Me quedé un tanto perplejo, porque siempre había pensado que se llevaban de maravilla, pero Rosario jamás desperdicia una ocasión para poner de vuelta y media a cualquiera que se le ponga a tiro. De esta forma, como si fuera una experta en criminología, les relató una sarta de detalles familiares que, en su día, le hicieron despertar sospechas.

—Al entierro de nuestra madre no vino porque estaba de viaje de negocios en Noruega. Apareció al día siguiente, con una camiseta de tirantes y más morena que Naomi Campbell —relató a los policías con desparpajo.

Tampoco ahorró detalles sobre el negocio de mi mujer. Elisa tenía la exclusiva de una marca italiana de ropa para niños y había abierto varios locales en el barrio de Salamanca. No solo vendía ropa infantil y ajuares para el bebé, también pequeños juguetes africanos que les suministraba una ONG. Sí, ganaba mucho dinero y el negocio iba viento en popa.

—Un poco extraño, ¿no les parece? Ahora que nadie tiene hijos. En el barrio de Salamanca, que únicamente vive gente mayor a punto de palmarla, resulta que ella vendía más sonajeros que nadie —le comentó con retintín mi hermana al bello comisario.

Y de repente, ambos nos acordamos de Manolín, el socio de mi mujer, su amigo de la infancia y por quien ella hubiera dado la vida entera. No estaba yo en esos momentos para darle la noticia a Manolín que, sin duda, montaría un espectáculo de los suyos. Me sentía entonces completamente perdido, flotando en un mar de pensamientos encontrados. Aún no había asimilado la noticia del asesinato de Elisa y mucho menos su posible infidelidad con el grandullón. Le pedí a Rosario que le llamara ella.

—Vamos a esperar a la autopsia y a saber dónde y cuándo podemos organizar el velatorio. No le digamos nada aún. Ni a él ni a nadie, tampoco a papá —decidió mi hermana con un ramalazo de sentido común.

—La noticia saldrá en el telediario de la noche. Aquí todo vuela. A lo único que puedo comprometerme es a no revelar las identidades de las víctimas hasta mañana —nos prometió el comisario.

Mi hermana le puso al comisario ojitos de agradecimiento. Justo en ese instante teatral vimos entrar a una señora que arrastraba las piernas varicosas por el suelo de la comisaría. Lloraba sin desconsuelo, colgada como una percha del brazo de un policía. Nos llamó la atención porque, aunque no era tan mayor, vestía de anciana, con prendas de ropa oscura y un pañuelo en la cabeza. Mi madre decía que el dinero de una persona se nota en los zapatos, y esa pobre mujer llevaba unas zapatillas baratas de mercadillo con el resalte bien marcado de los juanetes. Me miró con una tristeza acuosa que supe reconocer al instante: acababa de perder un hijo, un hijo del tamaño de un jugador de la NBA.

—Venga usted a verme, don Luis, cuanto antes. Calle Sombrerería, número 7, cuarto izquierda. Le espero —fue lo que me pudo decir entre lágrimas aquella triste mujer, segundos antes de que la llevaran a otra sala de la comisaría.

Yo me quedé perplejo. ¿Cómo sabía esa mujer mi nombre? Apunté rápidamente la dirección que me había cantado y me guardé el papelillo, bien doblado, en el bolsillo del pantalón. Quizás ella pudiera tener alguna respuesta.

—Es la madre del Cucharilla. También la vamos a interrogar —nos aclaró el comisario.

Después de responder a una retahíla de preguntas sobre los hábitos de mi mujer, amistades y enemistades, viajes, negocios y ciertas peculiaridades íntimas de nuestra relación, nos dejaron marchar. Era casi la hora del almuerzo y sentí unas imperiosas ganas de fumar. Habían pasado diez años y cuatro meses desde que abandoné el tabaco, pero hubiera dado el ojo derecho por un cigarrillo.

La ola de calor nos azotó como un beso del desierto mientras bajábamos por la Gran Vía. A la altura de Callao, mi hermana me agarró como a un niño pequeño y me condujo hasta la cafetería más cercana. Disponíamos de toda la tarde. No podíamos regresar a mi casa hasta recibir la llamada del comisario; la científica había iniciado el registro domiciliario.

En la cafetería repasamos una y otra vez los últimos días con Elisa. Ella me contó que viajaría a Siena, a recoger nuevo género en una pequeña fábrica de las afueras de la ciudad. Esta vez sin Manolín, que se quedaría para abrir las tiendas y dirigir el negocio en plenas rebajas. Tenían diez empleadas a las que controlar. Elisa estuvo cariñosa, como siempre, ocupada en mil tareas y pendiente de la presentación de mi próximo libro. Quizás estaba un poco más cansada de lo normal, porque ella jamás se echaba la siesta y esos días lo hizo. Un tanto ojerosa y con ciertas molestias en el estómago, recordé. Hablamos de mi editor, Jaime Astur, que fue compañero de Elisa en la universidad. Ella me recomendó que le atara corto, porque Jaime tenía la mano llena de agujeros y se gastaba el dinero antes de ganarlo. La acompañé hasta el taxi, cargando con su maleta, y me dio un beso largo, muy largo, como si fuera una despedida. Desde la ventanilla me gritó que tenía que contarme algo muy importante a la vuelta. Asentí. Nunca la había visto tan guapa. Había algo en ella, no sé, un aura de felicidad diferente. La despedí con la mirada pensando en su regalo de cumpleaños; la semana que viene ella cumpliría 44 años. Y yo 42.

—Enamorado hasta el tuétano —dijo mi hermana—. Y mira cómo te pagaba ella las atenciones, en la cama con el primo hermano del Increíble Hulk.

Entonces me hundí, y fui consciente de lo que se me venía encima. ¿Cómo iba yo a explicar la muerte de mi mujer? ¿Qué le diría a mi padre? Seguro que él encontraría el argumento justo para excusarla. Entre ellos había una unión especial que nadie entendía, y mucho menos mi madre. Elisa tenía admiradores o detractores, amigos o adversarios, sin término medio. Era tan exagerada para el amor como para el desprecio, y únicamente disimuló con mi madre lo segundo. Dos *prima donnas* no pueden cantar en la misma ópera, solía decir mi padre sobre la tensa relación entre ellas. Le llamaríamos mañana, volvimos a decidir, y pensamos una estrategia para dulcificar el argumento y ocultarle los detalles del asesinato.

Desde que enviudó hacía dos años, mi padre pasaba los veranos en el pueblo, donde aún conservamos la pequeña casa familiar. El calor en aquel rincón del Jerte es mucho más llevadero, sin ese plus de grados que regala el asfalto de Madrid. Se trata de una casita de piedra situada muy cerca de la iglesia, con una acústica endemoniada que amplifica las campanadas de la torre. Nuestro padre, al que todos llaman el Maestro, disfruta allí de una vida sana y alegre con sus amigos de la infancia. Si regresaba entonces a Madrid, cuando los árboles del Retiro se teñían de amarillo, era solo por nosotros —sus hijos—, y para aprovechar también el aliciente cultural que te ofrece la gran ciudad.

Elisa jamás quiso visitarle en el pueblo; se negaba a hurgar en sus raíces, porque su familia procedía de otra aldea cercana en las cumbres de la sierra. Tenía miedo del pasado. El anonimato de Madrid ofrece la posibilidad de una vida postiza sin que nadie te pregunte, porque aquí todos somos unos farsantes. Como escritor siempre he defendido que la tierra de uno es su lengua porque las palabras nos conceden la memoria. Ahora comprendo que los hilos invisibles que unieron a mi padre y a mi mujer era la jerga común: la finalización de las palabras con diminutivos, la entonación cantarina, el uso de vocablos propios y un manojo de proverbios inéditos sobre la climatología y las relaciones humanas que te recitaban a la menor oportunidad. Mi madre hizo todo lo posible por borrar este legado cultural paterno en nosotros, pero Elisa se alimentó del vocabulario de sus abuelos, que la criaron desde que nació, y se reencontró con sus antepasados en la figura de mi padre.

En aquel bar de Callao, repasamos mi hermana y yo nuestra vida junto a Elisa. Recordamos el día que regresé de Italia con ella para casarnos. A nuestra madre casi le da un patatús. A partir de aquel momento se levantó el *Telón de Acero*, un cruce de navajas que siempre estaba en el aire allá donde ambas coincidieran. La antipatía que le mostraba mi madre era bien patente, la de Elisa mucho más sutil.

—Mamá se encontró con una mujer con más estilo que ella, más guapa, joven e inteligente, que para colmo le había robado a su niño favorito. ¿Qué querías que hiciera? —concluyó mi hermana.

Volvimos a la realidad con un pincho de ensaladilla rusa, con más mayonesa que ensaladilla, y dos cervezas calientes. Nos clavaron treinta euros al pagar la cuenta. Madrid se ha convertido en una ciudad hostil para los madrileños: «puerta cerrada, taberna encendida», que decía Miguel Hernández. A las cuatro de la tarde decidimos ir a descansar un rato a la casa de mi hermana, que vive en un bonito piso en la plazoleta de Santiago, muy cerca del Palacio Real. La calle era un horno infernal y, aunque no estábamos muy lejos, tomamos otro taxi refrigerado para hacerle un brindis al sol. O más bien un corte de mangas.

El piso de Rosario parecía el escenario de una batalla campal, con ropa desperdigada por todas partes y el fregadero hasta los topes de cacharros sucios. Me dejé caer en un sillón mientras ella recogía la casa de manera apresurada, recitando miles de excusas en voz alta. Tampoco estaba pasando la pobre por un buen momento; se sacudía la soledad a base de juergas sin haber asimilado aún su segundo divorcio. El relamido cirujano plástico, que durante cinco años fue mi cuñado, la había abandonado por una de sus pacientes; según mi hermana una medio actriz de telenovela con las tetas de plástico y los labios de Kunta Kinte.

—Y lo que más lamento es no haber tenido un hijo con ninguno de mis maridos —me confesó—. Me siento mayor, Luisito, y creo que se me ha pasado el arroz.

—No digas eso. Muchas mujeres se plantean ser madres a partir de los cuarenta, y tú aún no los has cumplido. Ya verás que conocerás al hombre de tu vida.

—¿Por qué Elisa y tú no tuvisteis hijos? —me preguntó a bocajarro.

—Ella no quería y yo lo acepté. A los dos meses de casarnos me operé.

—Me acuerdo, fue ese verano que andabas como si hubieras perdido el caballo —se rio—. ¿No te parece curioso que montara ese negocio si no le gustaban los niños?

—Elisa nunca ahorró en contradicciones, quizás ahí residía su encanto. Era una mujer con temperamento, un caballo de carreras que tenía por norma no dar explicaciones de lo que hacía.

Fue al pronunciar esta frase cuando recordé el cuerpo de Elisa rendido en la morgue del Doce de Octubre, y me brotó un llanto profundo que no pude contener. Vertí lágrimas por todos los hombres del mundo, de todos los tiempos y lugares, moqueando a borbotones sobre un espantoso cojín de corazones. Rosarito me besaba en la coronilla mientras me decía dulces palabras de consuelo. Se levantó para buscar una botella de jerez y un par de copas de cristal de bohemia, que milagrosamente seguían limpios en el aparador.

—Si vamos a penar que sea con un buen vino —me consoló.

Recibimos la llamada del adonis de la Policía sobre las ocho de la tarde. Habían terminado el registro y se llevaban el ordenador personal de Elisa, junto con otros documentos. Podíamos regresar a casa.

—Recuerden que mañana se realizará la autopsia. Pueden venir al hospital sobre las cinco de la tarde. Tendremos todo preparado para entregarles el cuerpo.

—Gracias, mi comisario, le dije con una lengua pastosa y una cogorza del quince, haciendo el saludo militar.

—¿Se encuentra usted bien?

—Estoy de bbbbuta madre, como nunca —y le colgué.

Me acurruqué en el sillón abrazado al cojín de corazones azules y dormí como un angelito durante horas. A las siete de la mañana, al abrir los ojos, vi en el móvil las quince llamadas perdidas de Manolín. Toqué el bolsillo del pantalón para asegurarme de que la dirección del Cucharilla seguía allí. Puse el teléfono en modo avión y me dirigí a la cocina para preparar una buena cafetera, una de las grandes. Rosarito había limpiado y olía a rosa mosqueta. La tenue luz del amanecer se colaba con timidez por la ventana; el cactus del alféizar había echado durante la noche una pequeñísima flor, una diminuta flor de color violeta, del mismo color que las uñas de los pies de Elisa.

II

Conocí a Elisa en el invierno de 2005, doce años antes de su trágica muerte. Coincidimos en un tren que salía de la estación de Termini con destino a Florencia. Estuve un rato esperando en el andén, dando buena cuenta de un *panini* de *mozzarella*, y subí al vagón cuando solo faltaban tres minutos para la salida. La casualidad hizo que me sentara a su lado y comenzamos a hablar, como hacen todos los españoles que se encuentran en el extranjero.

Me pareció una mujer con mucho estilo, algo mayor que yo, y con ese tipo de seguridad innata que deja a los hombres apabullados. Yo lo estaba. Era guapa, de eso no había ninguna duda, con una melena de tonos pelirrojos que centelleaba con los rayos del sol al compás del chacachá del tren. Iba a la última moda, con una chaqueta roja de color fuego, muy entallada, y unos pantalones de leopardo. Sofisticada e inalcanzable para mí, pensé, que entonces era un estudiante posdoctoral pobre e ingenuo. Ya había tenido un par de novias y andaba medio comprometido con Irene, la hija de unos amigos de mis padres, pero mi vida sexual en Italia se podía decir que era un cero elevado al cubo, y andaba por aquel entonces más que desesperado. A pocos meses de cumplir los treinta años, seguía con las hormonas disparadas de un adolescente y me hubiera tirado de cabeza al escote de aquella pelirroja de no ser por mi buena educación. Elisa me pareció una venus romana recién salida de las termas y yo me sentí como un pobre eunuco dispuesto a recogerle la toalla, y lo que fuera.

Le conté prácticamente toda mi vida antes de salir de Spoleto, donde el tren tuvo una avería que nos mantuvo cuarenta minutos parados en la estación. Había llegado a Roma en el mes de septiembre, con una beca posdoctoral que tendría un año de duración. Me había doctorado en la Complutense con una tesis sobre la influencia del Renacimiento italiano en la pintura española de Velázquez, Murillo y el Greco, y ahora venía a conocer a los maestros italianos de primera mano.

—¿No tenías que haberlo hecho al revés, conocer primero las fuentes? —me preguntó Elisa.

Tenía toda la razón, pero los becarios andábamos más pelados que el ropero de Tarzán, con un sueldo tan ruinoso que apenas nos daba para subsistir. Tuve que hacer el doctorado sin salir del departamento, le expliqué.

Para darle más pena no ahorré detalles sobre mi época de «precario». Tras recibir la beca, asumí el reto de independizarme de mis padres, renunciando así al precioso chalet con piscina en Puerta de Hierro y al desahogo económico al que estaba acostumbrado. Sabía a ciencia cierta que, si me quedaba en casa, mi madre acabaría escribiéndome la tesis y yo tirándome por la ventana. Ella estaba entonces en la oposición y el partido le había dado un descanso de protagonismo al que no estaba acostumbrada. De esta forma, sobreviví con un escueto sueldo de ochocientos euros, sin pagas extra y con dedicación exclusiva. Compartí piso con dos energúmenos en el barrio de Carabanchel, mi amigo el Bombillas y su primo Fernando, que no hicieron uso de la fregona ni del estropajo durante los cuatro años de convivencia. En nuestro frigorífico, además de mugre, solo había cervezas, chóped con aceitunas y yogures caducados. Para colmo, ligábamos poco y mal. ¿Qué mujer querría entrar en una leonera tan apestosa? Todo esto le conté a la pelirroja casi sin respirar, como una ametralladora cargada de palabras.

Elisa me escuchaba con mucha atención, así que me animé a enseñarle mi cuaderno de campo, una especie de diario que iba completando cada día con mis experiencias italianas: anécdotas personales, comentarios gastronómicos y muchos apuntes de arte callejero. Se detuvo largo tiempo en leerlo y halagó mis bocetos a lápiz sobre cuadros, esculturas, fuentes, escaleras y otros rincones romanos. Me sentí como un alumno deslumbrando a la maestra.

—De aquí tienes que sacar un libro de viajes por Italia, con los chascarrillos y vivencias personales acompañadas de tus conocimientos sobre arte. Lo mismo que hace Javier Reverte con la historia. No un rollo cultureta de esos aburridos, sino algo ameno y entretenido. A la gente le gusta saber y tú tienes un estilo muy personal para comunicar.

Me quedé de piedra, porque esa misma idea me había rondado por la cabeza decenas de veces, pero nunca me había atrevido a dar el primer paso. La chica sofisticada, con una sola ojeada a mi cuaderno, había descubierto los lugares más recónditos de mis sueños. Sentí mi ego alimentado y quise que elogiara aún más mis dotes artísticas.

—Si no es nada, unos cuantos apuntes, escritos de aquí para allá, cosas mías —le dije.

—Pues te tomas muchas molestias para algo tan circunstancial. Yo veo mucho talento, de verdad, y tienes un estilo literario muy depurado —me insistió.

Fue ahí cuando me vine arriba y le desnudé mi alma. Quería ser escritor, destapar el manantial que me aturullaba de versos y palabras, mostrar los vestigios del mundo antiguo desde mi sabiduría. Quería ser inmortal y que alguien regara, algún día, un pequeño laurel en mi memoria. Todo esto le conté a la diosa del Olimpo de cabello rojo con un alboroto de pensamientos.

Ella me miró a los ojos, me sacudió algunas migas que aún tenía por la pechera y dijo:

—Yo te ayudaré. Haremos que el nombre de Luis Candoroso brille en los escaparates de las librerías.

Me reí con la broma y le seguí la corriente, sin tener la más mínima sospecha de que cumpliría su promesa. Más tarde supe que ella siempre las cumplía.

—¡Que tiemble Vargas Llosa, que va Luisito! —me dijo.

Quedaban diez minutos para mi parada y rogué a todos los dioses paganos que se escacharrara de nuevo el tren. Pasaría un mes en Perugia, analizando la obra de Pietro Vanucci, *il Perugino*, el gran maestro de Rafaello. Después mi destino era Florencia, donde me había alquilado una pequeña buhardilla en la mismísima Piazza de la Santa Croce, frente a la Basílica de los Genios.

—Cuando estés en Florencia, te organizo una conferencia en el consulado español. Vengo todos los meses por negocios y tengo allí muchos contactos.

Entonces me di cuenta de que no sabía nada de ella; que la había abrumado durante casi cuatro horas hablando solo de mí. ¿Quién era? ¿A qué se dedicaba? ¿Tenía novio o estaba casada? Vi que no llevaba joyas ni anillos. Solo me dio tiempo a escribirle mi número de teléfono en un papel y a rogarle, más bien implorarle, que me llamara. Me despidió con un beso en la frente, demasiado maternal, y comprobé que me seguía con la mirada cuando bajé del tren. Enseguida empecé a notar su abandono en mi cuerpo, sin dejar de acechar las ráfagas de rojo en la lejanía. En aquel momento ya estaba completamente enamorado y, con el atolondramiento de la pasión, había olvidado el cuaderno de viaje sobre el asiento.

Perugia es un entramado de oscuras callejuelas medievales que retienen la suciedad propia de lo viejo. Por cualquier rincón asoman los sillares etruscos y los cimientos romanos, donde se acopla lo posterior como un alegato a la línea invisible del tiempo. Dos mil setecientos años de historia recogidos en un laberinto de escalones a dos pasos, plazoletas sin salida, recovecos con *madonnas* y arcos altivos a diferentes alturas que te sobrevuelan la cabeza en todas las direcciones. La busqué por las empinadas calles de la ciudad, en los cafés cercanos al *duomo* y en los museos del Corso Vanucci. En todos los rincones me pareció distinguir mujeres de cabello rojo y quise oler su femenino perfume, tan oriental. Durante aquellos treinta días en la capital de la Umbría, fui un perro callejero en celo; un perrillo faldero sin su número de teléfono.

Ella me había enviado el cuaderno a la pensión al día siguiente, en un sobre cerrado sin una mísera nota. Nunca me explicó cómo pudo saber dónde me alojaba. Había subrayado a lápiz una de mis frases, lo que interpreté como un mensaje: «Italia no nos hace ser mejores, pero sí más felices». Recordé cada una de sus palabras en el tren, una y mil veces, e imaginé todas aquellas otras que no le permití pronunciar al acaparar yo solo la conversación. Fue en Perugia donde dejé de contestar los mensajes de Irene, mi novia, y adopté la costumbre de mandar sus correos electrónicos directamente a la papelera. Acabé por bloquearla en el móvil y me comporté, debo confesarlo, como un auténtico canalla. Sé que Irene me perdonó con el tiempo, porque era una mujer inteligente; es más, estoy convencido de que mi rechazo fue una enorme liberación para ella. Sin embargo, mi madre nunca me indultó por el abandono que le proferí a la hija de su mejor amiga.

Conocía a Irene desde bien pequeño, cuando nuestros padres organizaban aquellas espantosas meriendas conjuntas de cumpleaños. Ambos éramos dos gafotas resabiondos y empollones, aunque nos gustaba también pisar charcos y jugar a darnos sopapos con la mano cerrada. En la adolescencia nos evitamos, y crecimos siguiendo dos líneas paralelas como estudiosos repelentes. Cuando estaba a punto de terminar la tesis, tuve un percance en el pie derecho saltando un bordillo y, no sé cómo, acabé en su consulta. Irene había terminado el MIR y tenía plaza de traumatóloga en el hospital. Siempre fue una lumbrera. Pasé una vergüenza terrible, porque al quitarme el calcetín se propagó un tufo terrible por la consulta. Me conmovió su disimulo al abrir la ventana y la delicadeza que tuvo para manejar el dedo roto apenas sin tocarme. La invité a cenar, y fue así como iniciamos una relación formal y amistosa, con ratos de sexo aséptico y hospitalario. Ninguno ponía demasiada pasión, esa es la verdad, todo lo contrario que nuestras madres, que soñaban con pasear nietos comunes por los jardines del Retiro.

Durante aquel mes de febrero en Perugia viví en la modesta pensión de la *signora* Francesca, en una de las calles verticales que trepan a la colina de la iglesia de Sant Angelo. Doña Francesca hacía la mejor *panacotta* que he probado en mi vida y le gustaba canturrear desde primera hora de la mañana. En los bajos de la pensión había un curioso taller donde seguían fabricando zapatos a la antigua usanza. Aunque el local era viejo y tenebroso, con suelas de cuero colgando del techo como murciélagos de una cueva, siempre olía a café recién molido. Me hice muy amigo del zapatero, el maestro Lorenzino, que era igualito que el carpintero de Pinocho, pero con menos pelo y más labia. El maestro me invitaba a compartir con él el primer y el último *expresso* del día. Era un gusto verle trajinar con aquellas máquinas Singer de los tiempos de Maricastaña, mientras relataba —con voz de tenor— sus amoríos juveniles con una *ragazza* de Zaragoza. Llegó a casarse con ella, pero la mañica le abandonó a los pocos meses de la boda. Visto el caótico estado de su taller no me sorprendió que mi compatriota tomara las de Villadiego.

—*Molto brave le donne spagnole* —me decía.

—Sí, muy bravas, pero las de Zaragoza más —le contestaba yo.

Una tarde me sinceré con don Lorenzino y le confesé mi enamoramiento por la *ragazza* del tren. No había vuelto a tener ni un solo mensaje de ella y ya empezaba a sospechar que me había olvidado para siempre. Desde entonces, además del café, el zapatero me ponía una copa de *grappa* para brindar por nuestra desventura amorosa.

—*Amore e morte, tutti fa uguali* —sentenciaba el zapatero.

Un par de noches a la semana acudía con don Lorenzino al *cinema communale*; una casa escondida en una placita del barrio que tenía habilitada una pequeña sala de cine donde se estrenaban películas de autor. En el vestíbulo te recibía una señora en zapatillas tras un mostrador improvisado donde vendía las entradas. El precio lo ponía ella a su libre albedrío, y según se encontrara de ánimos. Los italianos saben muy bien la diferencia entre valor y precio. Como la cinematógrafa conocía al zapatero de toda la vida, nos cobraba la tarifa mínima y además nos traía un par de cervezas. Allí nos vimos los estrenos del año y echamos varias siestas reponedoras.

También trabajé duro en la biblioteca de la universidad e investigué a fondo sobre *il Perugino*. Descubrí que había coincidido con Leonardo Da Vinci en el taller florentino de

Verrocchio y me pareció una historia muy interesante para tirar del hilo en cuanto llegara a Florencia. Tenía un lugar: la capital de la Toscana; una época: el Renacimiento; y tres personajes: Pietro Vanucci, Leonardo y Rafaello. Decidí comenzar la trama con la aventura de Giovanni Battista Danti, un *perugino* que había inspirado a Da Vinci lanzándose con unas gigantescas alas desde una torre de la ciudad. El costalazo del matemático fue monumental, aunque milagrosamente tan solo se rompió una pierna. Con este salto al vacío inicié el mío propio, buscando las térmicas adecuadas para planear por la literatura. Me puse manos a la obra para urdir una aventura del Cinquecento con la única finalidad de sorprender a una dama encarnada del siglo XXI.

El penúltimo día en Perugia, mientras hacía las maletas para tomar el tren a Florencia, me entró su primer mensaje al teléfono móvil: «¿Cómo va mi escritor favorito? Este fin de semana llego a Florencia. ¿Nos vemos?».

Me quedé con el dedo enganchado a la tecla de la «i» y le escribí un «sí» de cuatro líneas. Bajé corriendo las escaleras para contarle al zapatero las novedades y me di un batacazo de tal calibre que tuvieron que ponerme cuatro puntos en la ceja izquierda. Fue don Lorenzino quien me acompañó al *pronto socorso* y sostuvo mi cabeza para el zurcido. Debo reconocer que solté algunas lagrimillas.

—El amor siempre duele, *caro amico* —fue su premonitoria frase.

Al día siguiente, el zapatero me llevó a la estación en su viejo Lancia, que corría al galope de una burra por las cuestas de la ciudad. Para despedirse, me hizo entrega de un par de zapatos rojos fabricados a mi medida, que nunca he dejado de utilizar en las ocasiones especiales.

—Como los del papa —me dijo.

La fortuna hizo que nos volviéramos a ver cuatro años más tarde en Madrid. Había traspasado la zapatería para convertirse en acomodador de cine. Tras cuatro décadas de oficio, la cinematógrafa consiguió ganar la batalla a las máquinas Singer y se había apoderado del corazón de don Lorenzino.

Los tres días antes de la llegada de Elisa a Florencia me preparé a fondo. Lavé el pequeñísimo apartamento de arriba abajo, visité al barbero de la Piazza della Signoria, y me compré ropa carísima (para mi presupuesto) de puro diseño italiano. También adquirí un elegante sombrero tipo Humphrey para disimular la herida de la ceja. Afortunadamente, soy un hombre alto y de buena planta, con un cuerpo de pobre al que todo le sienta bien. Mi mayor defecto físico es la nariz, que nace en el entrecejo y muere en el labio superior, con un recorrido de un palmo. Se trata de una protuberancia triangular, algo así como un cartabón de canto en plena cara. Mi hermana dice que es una nariz genuinamente persa, heredada de los antepasados de la abuela Palmira.

El día de la cita, acicalado como un dandi y con los zapatos rojos de don Lorenzino, acudí con un pequeño ramo de tulipanes blancos. Ella estaba alojada en el hotel más lujoso de la ciudad, frente a la magnífica fachada de Santa Maria della Novella. Hacía un día de perros, frío y ventoso, que había espantado a los turistas de la ciudad. Mi plan de llevarla a contemplar Florencia desde el mirador de Michelangelo se me echó por tierra y pensé otras alternativas menos románticas.

No hicieron falta porque Elisa ya traía el programa cerrado. Bajó al vestíbulo como si fuera la reina de Inglaterra, arrastrando una capa de terciopelo de color turquesa, y me besó como se besa a un hombre desesperado.

—Primero iremos a un acto en el consulado y después te llevo a cenar —me ordenó.

Desde el portal del consulado español aún se divisa un fragmento de la cúpula de Brunelleschi. Le conté que por esas calles tan estrechas llevaron al David de Miguel Ángel, arrastrándolo en una plataforma con ruedas, hasta la Galería de la Academia. Corría el año 1873, cuando las autoridades decidieron ponerle a buen resguardo después de 400 años a la intemperie en la mismísima Piazza della Signoria. El David miraba entonces hacia Roma, para provocar al papa con su belleza.

—¿Ves Luis? Estas historias son las que nos tienes que contar en tu novela.

Y ahí me explayé, relatándole los descubrimientos que había hecho desde que la vi por última vez en el tren. La novela empezaría con el batacazo del matemático *perugino* en el primer intento de vuelo de la humanidad.

En el consulado celebraban un vino español para presentar una marca de conservas de productos del Cantábrico, con un amplio muestrario de enlatados. Había desde anchoas de Santoña hasta sardinillas de Santurce y mucho chacolí entre las copas. Elisa iba saludando a unos y a otros como si les conociera de toda la vida: empresarios encorbatados, señoras elegantísimas y muchachas jóvenes con maquillajes y cuerpos perfectos. Me presentaba a todos como una promesa literaria y sentí —por primera vez— la emoción de estar en la cresta de una ola. Fui testigo de cómo Elisa negociaba con algunos clientes hablando de «su mercancía», y fue cuando me contó sobre sus tiendas de ropa infantil. Yo quise imaginarla traficando con pasaportes falsos, perfumes de contrabando o cualquier otro producto con más glamour que peleles para niños recién nacidos. Antes de marcharnos, ella había cerrado un par de tratos y dejó bien claro a los invitados que yo sería el protagonista de una próxima conferencia sobre mi libro. Me temblaron las piernas.

Después me llevó a cenar a una *trattoria* recóndita, en una de las callejuelas que circundan el *duomo*, un lugar un tanto cutre para una señorita envuelta en una capa azul de terciopelo. Según ella, allí se podía comer la mejor pasta de toda Italia. Y era verdad. De nuevo fui yo quien habló esa noche, y le leí las dos primeras páginas de la novela. Se rio a carcajadas con el vuelo imposible de Giovanni hacia el mundo de los pájaros.

—Ya te he buscado un editor, Luisito. Mi amigo Jaime Astur. Es un compañero de la facultad que ha montado una editorial abierta a escritores noveles. Le hablé de ti y está esperando el manuscrito —me dijo brindando con una copa de vino.

Sentí una especie de vértigo, pero también una ráfaga de ilusión por abandonar el mundo universitario y desviarme así del camino académico que con tanto ahínco me había labrado mi madre. Quería dedicarme en exclusiva al solitario y apasionante oficio de escribir.

—Dile a tu amigo el editor que cuando regrese a España tendrá un borrador —le contesté, tirándome de cabeza a la piscina.

La acompañé de vuelta a su hotel dudando si invitarla al día siguiente a comer en mi pequeña buhardilla. Temía no estar a la altura. De nuevo, no hizo falta. Ella me envolvió con el manto de terciopelo y me besó largamente, saboreando mi lengua.

—¿Quieres dormir conmigo? —me preguntó.

De aquella noche solo puedo resumir que llegué a ver el techo de la Capilla Sixtina y toqué con mis dedos la Creación de Adán. Ella hizo y deshizo lo que quiso con mi cuerpo, y mi cuerpo respondió. No solo me entretuve largo tiempo con los lóbulos de su oreja, sino que libé como una abeja los jugos de su piel, de arriba abajo, deteniéndome en el monte de Venus por largo tiempo. Elisa, como una serpiente, me enrolló entre sus piernas para dejarme exhausto, vencido y satisfecho.

El viento golpeaba la ventana, y la cúpula del duomo se coló entre las sábanas para regalarnos el amanecer más bello que puedo recordar. Yo aún permanecía dentro de ella a la hora del desayuno.

III

Llegué a mi casa a eso de las diez de la mañana con la sorpresa de encontrar el piso ordenado y limpio. La policía fue muy condescendiente durante el registro y apenas revolvió un par de cajones y cuatro cosas de los armarios. Mi hermana Rosario se había marchado al trabajo para gestionar una semana de vacaciones, y posponer así las citas que tenía ya concertadas. Su trabajo de conciliadora matrimonial siempre había despertado mucha guasa en la familia, dado su historial de fracasos, pero ella siempre alegaba que el mejor psicólogo es el que ha vivido toda una retahíla de trastornos en su propia piel.

—Desconfiad de un psicólogo cuerdo y sensato. El sentido común es nuestro gran enemigo —opina mi hermana.

Me enfrenté en solitario a los objetos de Elisa en un intento desesperado por recuperarla. Aún no quise preguntarme cómo sobreviviría a su partida rodeado de tantos recuerdos. Allí estaban sus libros en la estantería, ordenados por nacionalidades: los hispanoamericanos, los españoles, los ingleses y la vitrina dedicada a la literatura japonesa, su gran pasión, con Murakami a la cabeza. También hurgué en su vestidor, donde colgaban infinidad de faldas, blusas, pantalones y vestidos, perfectamente alineados por colores. Le gustaba la ropa de diseño, elegante y original, de tonos vivos y alegres. Me detuve más de la cuenta en su ropa interior, castigándome, recordando las veces que le había quitado esas prendas tan delicadas. Me sorprendió su zapatero, profundo como una cueva, con más de setenta pares de todos los colores, tacones y formas. Me di cuenta de que nunca había reparado en sus pies vestidos. En el fondo del zapatero vi por primera vez las cajas de sonajeros, que comprobé había abierto ya la policía. Estaban fabricados de manera artesanal con pequeñas calabazas, labradas a navaja con dibujos infantiles de estrellas y cometas. Al agitar los sonajeros, sonaban las semillas en su interior. Curioso lugar para guardar el género, pensé en aquel momento.

Después repasé su despacho, bien ordenado, con el hueco patente del ordenador. Destacaba en el escritorio la foto de sus abuelos; gente humilde de pueblo con los rostros ajados por el trabajo. La primera vez que me habló de ellos fue en su segundo viaje a Florencia, cuando ya éramos amantes consumados. Habían muerto un par de años antes, primero él y dos meses más tarde ella. Aquella pareja de ancianos había sido los cimientos sobre los que Elisa construyó su vida, una infancia en la lúgubre portería de un barrio de Madrid, sin padres ni hermanos. La única vez que la acompañé al pueblo fue para derramar las cenizas de los abuelos al pie de una higuera. Era un árbol solitario y salvaje, erguido en un lateral de la vereda que bajaba al río, regalando sus frutos al caminante. Nunca más volví a ver llorar a mi mujer.

En la segunda balda de la estantería estaba nuestra foto de boda. Ella vestida de seda verde y yo con un traje de chaleco gris y mis zapatos rojos italianos. Le pedí que se casara conmigo en lo alto del Campanile de Giotto, pocas semanas antes de mi regreso. Fue la única vez en nuestra relación que yo tomé la iniciativa. El anuncio de boda fue un bombazo para mi familia, que esperaba la vuelta de un treintañero intelectual y un tanto misógino, después de abandonar a Irene de aquella manera tan poco elegante. Les presenté a Elisa en el propio aeropuerto, nada más poner los pies en España. Mi madre no pudo disimular una mueca de consternación. Tenía grandes planes para mí; para empezar, un puesto de profesor adjunto en la facultad que, según ella, me había conseguido gracias a sus contactos. Le dije de una manera brusca y tajante que no tenía ninguna intención de seguir pululando por los aburridos pasillos del departamento. Fue allí mismo, en la terminal de Barajas, donde empezó la guerra sin cuartel.

Me despertó del ensimismamiento otra llamada de Manolín, así que tomé la decisión de apagar el teléfono definitivamente. No tenía cuerpo para su verborrea. Había quedado con Rosario a las cuatro de la tarde para dirigirnos al hospital y aún disponía de unas cuantas horas para organizarme. No hice nada de eso, me metí en la bañera para llorar de nuevo. Floté durante una hora, dos... Las lágrimas labraron pequeños agujeros sobre la espuma.

El comisario nos estaba esperando de nuevo, esta vez en una pequeña habitación de la tercera planta del Doce de Octubre, la antesala de la cámara de las autopsias. Nuestra sorpresa fue encontrar allí a Manolín, que vestía de negro de los pies a la cabeza. Llevaba unas gafas tornasoladas con forma de pera. Parecía el mismísimo John Travolta en *Pulp Fiction.*

—Joder, Luisito. Te he llamado doscientas veces —fue su presentación.

Pude ver sus ojos hinchados y enrojecidos detrás de los cristales. Indudablemente, Manolín había asumido el papel de viudo y ya no había nada que hacer. En el fondo, él era la verdadera familia de Elisa, su amigo de la infancia, su socio y camarada. La relación entre ellos era incomprensible para el resto de los mortales: una fusión nuclear de dos átomos libres. Manolín y Elisa se habían forjado el uno con el otro, defendiéndose, amparándose y modelando una amistad donde nadie más tenía cabida.

La primera vez que vi a Manolín fue en el consulado español de Florencia, el día que di la conferencia sobre mi libro. Llegó del brazo de Elisa, vestido de amarillo chillón y con un pañuelo de seda azul en el cuello. Divino, majestuoso. Saludaba a todo el mundo como si fuera el rey del evento. Y lo era. Elisa le dejaba brillar y velaba para que nadie le robara el protagonismo. Aquella noche Manolín me aceptó sin más, seguramente porque percibió que yo no sería ningún rival. Meses más tarde, fue testigo de nuestra boda, con un esmoquin de flores tropicales que llamó mucho la atención, y el detalle de una pajarita de luces intermitentes.

—Si llego a saber que vienen los payasos de la tele, me traigo la nariz y la peluca —dijo mi madre en la ceremonia.

Doña Mercedes de Castro jamás le soportó. Para mi madre, Manolín estaba fuera de las normas sociales y pertenecía a una categoría inferior. Le irritaba su eterno afán de protagonismo.

—Se puede ser mariquita sin necesidad de ser un farandulero.

Sin embargo, Manolín y mi padre congeniaron bien desde el principio. Ambos compartían una afición más allá del entendimiento: eran incondicionales de Rocío Jurado. Durante los últimos años, todas las tardes de los jueves se juntaban en mi casa para ver los vídeos de la chipionera. Elisa les había instalado un karaoke en el salón y se sabían el repertorio de la Jurado de pe a pa. Mi madre nunca llegó a enterarse de los devaneos de su marido con la canción española y mucho menos presenció el arte con que interpretaba *Como una ola*, la canción favorita de mi padre.

Cuando salió la médica forense para darnos el parte, mi hermana y yo nos quedamos de piedra. ¡Era Margarita Lozano, alias la Perca! Nuestra amiga de juegos infantiles durante los veranos en la sierra. Sus abuelos tenían una casa en Buitrago junto a la nuestra, donde pasamos las vacaciones de verano varios años seguidos. Le decíamos la Perca porque era una gran pescadora. No había en el embalse de Riosequillo pez ni anfibio que se le resistiera. Le habíamos perdido la pista al hacernos mayores, y ahora estaba allí, dispuesta a contarnos los pormenores de las autopsias que les había realizado a Elisa y al Cucharilla.

—Si no les importa, solo puede entrar don Luis —dijo el comisario dirigiéndose a mi hermana y a Manolín.

Recordé cuánto me gustaba Margarita Lozano cuando éramos niños. Ella era una niña muy tímida, pero corría más rápido y nadaba más lejos que ninguno de nosotros. Entonces hubiera dado todos mis cromos de la liga de fútbol por robarle un beso. Teníamos prohibido bañarnos cerca de la cerrada de la presa. Según los mayores, había corrientes que te succionaban y podías aparecer flotando en los meandros del Lozoya. Aquella tarde fuimos a pescar y yo me caí al agua tras un resbalón, a escasos metros del aliviadero. Ella se tiró de cabeza y me sacó como a un *kleenex* sucio, con el bañador por las rodillas y la autoestima por los suelos. Y sí, me vieron todo, por delante y por detrás. Sabía que los del pueblo se reían de los «señoritingos de Madrid», y esta vez les había dado motivos de sobra. Estuve un par de semanas escondido, sin atreverme a salir a la calle de pura vergüenza. Mis padres fueron a visitar a Margarita para agradecerle el rescate, y le regalaron un juego de raquetas de tenis como agradecimiento. Ese fue nuestro último verano en Buitrago; no por el accidente, sino porque mi madre encontró una oportunidad más afín a su estilo en la playa de Comillas, donde pasaban las vacaciones las familias pudientes de Madrid. Yo tenía 13 años y una asignatura pendiente con Margarita Lozano.

—Mira, Luis, la autopsia nos confirma que tu mujer no sufrió nada. La muerte fue instantánea. La bala entró por la parte frontal del cráneo y salió por la posterior, con una trayectoria inclinada que le tocó las partes vitales del cerebro —me explicó la doctora Margarita Lozano—. No hubo forcejeo alguno. Ambos fueron sorprendidos por el asesino, un profesional que actuó con rapidez.

—Ella llegó esa misma mañana a Madrid. Tomó un taxi en Barajas y se fue directamente al hotel. Según el recepcionista, el Cucharilla la estaba esperando en el vestíbulo. Diez minutos después recibían los disparos —añadió el comisario.

—¿Qué hacía Elisa en ese hotel? —me atreví a preguntarle.

—La policía aún no lo sabe, pero te puedo confirmar que no hay rastro en sus cuerpos de relaciones sexuales. Quizás acababan de llegar y aún estaban en los preliminares… Pero lo dudo —retomó la forense.

—¿Por qué? —pregunté.

—Porque el Cucharilla es impotente, cien por cien confirmado. Padecía gigantismo y acromegalia en estado avanzado. Tenía completamente afectada la acción testicular. Impotente y estéril. Lo cual descarta algo importante.

—¿Qué descarta? —le pregunté ingenuamente.

—Pues que en ningún caso podía ser el padre del hijo que esperaba tu mujer. Te constato que Elisa estaba de doce semanas, trece a lo máximo. ¿No lo sabías?

¿Qué iba a saber yo, Dios mío? Le expliqué las molestias de Elisa durante los últimos días, su sueño anormal, y cómo prometió contarme algo importante cuando volviera. También le comenté las razones por las que ese niño no podía ser mío.

—Hemos descubierto altas dosis de progesterona en su sangre. Se estaba medicando. Dada su edad, todo hace pensar que había acudido a una clínica de fertilidad. Es muy frecuente en mujeres que han superado los cuarenta, cuando atisban en el horizonte la última oportunidad de ser madres.

—¿Y cómo es posible que no me dijera nada, que mi propia mujer me ocultara que buscaba un embarazo? ¿A quién acudió? ¿Por qué? —le grité medio loco, como si la forense tuviera todas las respuestas.

—Quizás era su secreto, y eso queda en la esfera personal de ustedes, porque nada tiene que ver con el crimen —intervino el comisario—. Hemos confirmado que su mujer voló a Florencia el día que se despidió de usted, y que hubo algo que le hizo regresar con antelación. Estamos analizando su teléfono móvil. Puede ser que el Cucharilla la llamara, metido en un nuevo lío. De hecho, en la casa del Cucharilla hemos encontrado un reloj de oro de mucho valor. ¿Se lo robó a quien no debía? Puede que sí. Es la línea que estamos investigando.

—Entonces ¿ya no era la amante del Cucharilla? ¿Estaba allí embarazada de tres meses para proteger al gigantón? ¿Esa es su nueva teoría? —le grité al comisario.

—Entiendo que esté nervioso ante los nuevos acontecimientos, pero créame, hacemos todo lo que podemos y no vamos a parar hasta tener al asesino entre rejas y una explicación fehaciente del caso. Por lo pronto, ya pueden ustedes llevarse el cuerpo y darle santa sepultura —me dijo el comisario como si fuera el reverendísimo obispo de la Almudena.

Cuando salí de aquella habitación, mi hermana se dio cuenta enseguida de que algo grave ocurría, pero no quise contarle entonces lo del embarazo. Rápidamente, Rosarito tomó las riendas para organizar el traslado del cuerpo y gestionar una serie de llamadas importantes, entre ellas la que debíamos hacer a mi padre. Yo sentí un cierto alivio. Frente a la versión del día anterior, en la que me postulaba como un cornudo oficial, ahora era el viudo de una mujer que había protegido a un amigo, y que tuvo que regresar con antelación a Madrid para sacarle las castañas del fuego. Egoístamente, era un consuelo disponer de esta nueva información para enfrentarme a mi padre y al resto de los conocidos. Entonces intervino Manolín.

—Elisa me habló varias veces del Cucharilla. Eran también amigos de la infancia, de cuando vivían en la portería. Él era una especie de responsabilidad que se había echado a las espaldas. Ya sabéis cómo era Elisa, un poco gitana a la hora de proteger a los amigos. A veces él venía a la tienda. Si Elisa no estaba, yo le daba dinero: treinta o cincuenta euros.

—¿Por qué nunca me habló de él? —le pregunté.

—Ya sabes que Elisa jamás hablaba del pasado. Además, Luisito, tú nunca entenderías esa relación. Los que estáis arriba vivís en otro mundo —me respondió.

No quise entrarle al trapo en esa lucha de clases y desvié la conversación hacia cómo organizar el entierro de Elisa. Algo discreto e íntimo, me apresuré a decir. Mi hermana estaba de acuerdo, pero Manolín no quería dejar pasar la ocasión de mostrar su duelo al mundo entero y se ofreció para organizar unas exequias como Dios manda. Lo iba a hacer igualmente, con mi aprobación o sin ella, así que me doblegué a que dispusiera un funeral por todo lo alto.

En esas andábamos cuando salió Margarita Lozano de su funesto cuchitril, sin bata ni gorro ni guantes. Parecía una atleta, con unas mallas apretadas que le marcaban los músculos de las piernas y unas zapatillas de marca para correr. Recordé a la gacela que nos dejaba atrás en las carrerillas de niños y sentí un halo de ternura por aquella mujer. Conservaba intacto su pelo negro ensortijado y ese olor a campo, a fragancia de encinar.

Mi hermana y ella intercambiaron información sobre las familias respectivas y se preguntaron por cada uno de los miembros de la pandilla.

—Yo conservo la casa de mis padres en Buitrago. ¿Os apetecería venir un fin de semana?

Ambos contestamos que sí, que nos gustaría mucho refugiarnos por unos días en la sierra y recorrer de nuevo los paisajes infantiles. Lo dijimos sin convicción, por pura cortesía. La Perca se acercó más para hacernos una confidencia.

—Quería decirte algo, Luis, ahora que no está el comisario. El asesino mató primero a tu mujer y después al Cucharilla. Creo que disparó al segundo porque se interpuso para proteger a Elisa, pero dudo mucho que el Cucharilla fuera su objetivo. Pienso que, si el grandullón hubiera reaccionado de otra manera, tirándose al suelo o escondiéndose, le hubiera dejado con vida. No sé, es intuición femenina.

—¿Quién iba a querer matar a Elisa? ¿Por qué? Me estoy volviendo loco con todo esto, Margarita —le contesté.

Quedamos en llamarnos pronto y le prometimos que subiríamos a Buitrago para pasar unos días con ella y con su hijo. Mi hermana me informó después de que Margarita se había separado hacía años, porque «no hay hombre en el mundo que aguante un oficio como el de médico forense», sentenció.

Cuando volvimos con Manolín, este departía con el comisario como si fueran amigos de toda la vida. El guapo policía le estaba ofreciendo toda la cercanía que nos había negado a nosotros. Me sorprendió el abrazo entre ellos, con la mano del comisario sujetando la nuca del socio de mi mujer. Me pareció percibir algo más que un mero gesto de consuelo.

—Me parece que te han levantado al comisario —le dije a mi hermana.

—No queda ya un hombre atractivo en este país al que le gusten las mujeres —me respondió, poniendo los ojos bizcos y levantando las manos al cielo.

Yo creo que a Elisa le hubiera gustado su funeral; fue una de esas típicas bromas con las que ella tanto disfrutaba. La iglesia estaba abarrotada de flores que daban el golpe primaveral a un día tan caluroso. El viejo sacerdote era un conocido de Manolín, un cura obrero de los de antes que aprovechó la ocasión para adoctrinarnos con soflamas marxistas y soltar una entrañable homilía sobre la solidaridad y el compañerismo. Di gracias a todos los dioses del Olimpo de que mi madre ya no estuviera con nosotros. Elisa fue elevada a los altares mientras se oían los sollozos de Manolín. No faltó ni un solo mariquita de Madrid arropando a su compañero. Allí estaban vestidos de riguroso negro, sentados en las primeras filas de la iglesia, con la solemnidad justa que requería la ceremonia.

Mi padre vino del pueblo con un compañero de su peña ciclista y se empeñó en que durante la comunión sonara *Como yo te amo*, de su admirada Rocío Jurado. Nunca supe si fue una despedida o una declaración de amor. De los amigos de las embajadas, que toman el vermut levantando el dedo meñique, no vino nadie. Les había pillado de veraneo, según me dijeron.

Sí que acudieron algunas amigas del barrio y las chicas del negocio, que lloraban de manera desconsolada por su jefa. Elisa siempre trató a «sus niñas» con la mayor generosidad.

A la salida me esperaba Jaime Astur, mi editor, con un prístino polo blanco de Ralph Lauren y bronceado del Caribe. Desde la última vez que nos encontramos, se había hecho más injertos en el pelo y parecía que llevaba una fregona sobre la cabeza.

—Luis, ya sé que no es el momento ni el lugar, pero tenemos que hablar cuanto antes de tu último libro. Estoy en un grandísimo aprieto, y a ver cómo podemos solucionarlo ahora que Elisa no está.

Recordé las últimas palabras de mi mujer alertándome de Jaime. Ellos habían sido compañeros de facultad, cuando estudiaban en la Autónoma, y mantenían una estrecha relación comercial en torno a mi producción literaria. Desde que regresé de Roma, ambos se ocuparon de las ventas y la promoción de mis libros de una manera eficaz. Me habían consagrado como un escritor de culto, de los pocos que podían vivir de la literatura en exclusiva. Pero durante el último año Jaime gastaba más de la cuenta, faltaba a las citas, me daba largas con los pagos y apenas me conseguía entrevistas en los medios de comunicación. Elisa estaba muy molesta con su actitud y se lo reprochaba a la menor ocasión. Jaime Astur había venido al funeral para pedirme dinero, lo vi venir de lejos.

—La semana que viene te llamo y quedamos para hablar —le prometí.

—¿No puede ser antes? Es muy, muy urgente, de verdad.

Por suerte, mi amigo el Bombillas me rescató del apuro para darme un abrazo de los suyos. De oso grande. Seguía viviendo en Carabanchel y se había casado con una estupenda muchacha del barrio. Recordamos la mugre del piso que compartimos de jóvenes y las aventuras que montábamos para ligar. Teníamos como estrategia acudir a la plaza de Santa Ana los sábados por la noche, donde sabíamos que se citaban las estudiantes de Erasmus.

—¡Qué tiempos, Luisito!

Tuve que atender al señor de la funeraria que me traía la urna con las cenizas de Elisa. Ella, que siempre estaba a dieta, se había quedado en tres kilos y treinta gramos. Me acordé del cuento de Tolstoi *¿Cuánta tierra necesita un hombre?* Dos metros de la cabeza a los pies es todo lo que necesita. Los restos de Elisa acabarían también bajo la higuera del río, junto a sus abuelos, me prometí.

Aquella noche del funeral, mi padre cocinó para nosotros como había hecho tantas veces cuando éramos pequeños. Después de corregir los exámenes o los ejercicios de sus alumnos, ponía música en la cocina y se relajaba haciendo croquetas o empanadillas. Mi padre fue un buen puerto donde recalar en la infancia, ese mástil de seguridad al que todo niño necesita aferrarse. «No molestéis a mamá, que está trabajando», era su frase recurrente. Él consiguió aislarnos del frívolo mundo de mi madre y jamás permitió que nos llevara a los mítines ni a los actos del partido. Había semanas que veíamos más a mi madre en la televisión que en casa, mientras él se ocupaba de ayudarnos con los deberes, de llevarnos y traernos a baile, yuyitsu, música, inglés, tenis y todo tipo de actividades extraescolares que probamos durante la niñez. En mi caso sin éxito alguno.

Hacía dos años que se había quedado viudo y la muerte repentina de Elisa le había caído como un saco de años encima. Pensé que reconocería en mi padre el típico dolor de un hombre adulto, rozando la vejez; sin embargo, su actitud era la de un niño al que habían engañado, una criatura desvalida con las lágrimas retenidas en el pecho. Vi a un hombre roto y sentí el deber moral de recomponerle. Le agarré por detrás de los hombros y le di un largo beso en la calva, mientras la tortilla de patatas cuajaba entre sus manos.

—Tengo que contaros algo muy extraño que hizo mamá poco antes de morir —nos dijo.

Recordamos los últimos meses de mamá y lo rápido que se extendió el cáncer por sus huesos. Elisa iba a visitarla cada tarde después del café; según mi madre para asegurarse de que la enfermedad no tenía cura. Algunos días le llevaba dulces, que la enferma no podía comer, o le regalaba una bata de señora mayor por si tenían que ingresarla. Algo ocurrió entre ellas a principios de septiembre. Nunca más se volvieron a ver. Elisa se marchó airada a ese extraño viaje del que regresó fresca y bronceada. Mi madre murió mientras tanto, aunque en sus últimas horas hizo todo lo posible por malmeter contra Elisa y recordarme todo lo que había perdido al casarme con ella.

—Mamá sacó mucho dinero del banco, cerca de doscientos mil euros. Aún no he podido descubrir dónde fueron a parar.

Hicimos toda clase de suposiciones, desde que cayera en manos de los típicos buitres que ofrecen terapias alternativas a enfermos desahuciados, a realizar un préstamo a alguno de sus compañeros. Ambas teorías eran muy poco probables en ella. También barajamos la posibilidad de una donación a las fundaciones del partido. Recordamos el homenaje que le hicieron en la sede y las palabras exageradas de agradecimiento que le profirió la cúpula. ¿Y si nuestra madre había pagado tributo por un reconocimiento póstumo?

—Lo fue sacando poco a poco para no levantar sospechas, algo muy extraño para una donación, ¿no os parece? —nos comentó mi padre.

Habíamos convivido con dos mujeres llenas de secretos, moviéndonos como funambulistas por una cuerda floja que ellas sostenían en cada extremo. Lejos de caer al vacío, comimos con hambre la tortilla de patatas y abrimos unos cuantos botellines de cerveza. Sin darnos cuenta, empezaron a surgir las historias familiares de siempre: la noche que se me escapó un pedo sonoro cuando vino el presidente a cenar, o cuando mi hermana me cortó el pelo a tazón y me dio un tijeretazo en la oreja derecha que se quedó medio colgando. Aquella noche del funeral de Elisa reímos, comimos y bebimos. Nadie hubiera sospechado que teníamos la urna con las cenizas de mi mujer, aún calientes, sobre la repisa del comedor.

IV

La mañana siguiente del funeral de Elisa nos despertamos con la noticia en los periódicos: «Asesinada a tiros la nuera de la ya fallecida portavoz del Gobierno, doña Mercedes de Castro». Mi madre retomaba el protagonismo a la muerte de Elisa como una broma macabra. Cuando ella murió, la noticia ocupó durante un par de días los medios de comunicación, pero al cabo de unas semanas todo el mundo la había olvidado. En el primer aniversario de su muerte, la clase política no le dedicó un solo mensaje de recuerdo; ni siquiera los suyos. En su mundo todo es efímero y no hay nada más viejo que una noticia de ayer. Ahora volvía a resurgir el nombre de mi madre para relacionarla con un «asunto turbio sin resolver», según rezaba el titular. Afortunadamente, apenas había detalles del asesinato y ninguna referencia a los resultados de la autopsia. El bello comisario cumplió en parte la promesa de no filtrar información a la prensa. Pero nosotros sabíamos que los periodistas no sueltan una presa y tomamos la resolución de blindarnos: no se responde al teléfono, no se abre la puerta, no se habla con nadie. Y así se lo hicimos saber también a Manolín, que estuvo muy comprensivo con la propuesta.

—Les he dado vacaciones a las chicas y me voy unas semanas con mi madre a la playa —nos informó Manolín—. Una cosa, Luisito, a mi vuelta te llamo para ver juntos el testamento de Elisa. El documento está en la caja de seguridad de la tienda.

—¿Un testamento? ¿Había hecho Elisa testamento?

—Poco después de vuestra boda. ¿No te lo había dicho?

De nuevo volví a sentirme el bobalicón que vivía en la ignorancia suprema, un atolondrado que acababa de descubrir que su mujer estaba embarazada, que protegía desde siempre a un cíclope medio tonto y que había hecho testamento tras decidir vivir conmigo en santo matrimonio. Recordé que Elisa, antes de casarnos, puso especial empeño en una relación con separación de bienes. En aquellos momentos, yo todavía pensaba que habría una justificación para cada cosa, que Elisa tendría sus motivos para no hacerme partícipe de tantos secretos.

—Sí, hay una explicación: que eres tonto de remate —me decía Rosarito sin un ápice de compasión.

Toqué de nuevo el bolsillo del pantalón y comprobé que la dirección de la madre del Cucharilla seguía allí. Había llegado la hora de tomar la iniciativa.

Mi hermana se empeñó en acompañarme y bajamos andando hasta la Castellana para tomar el 27 con dirección a Atocha. El día prometía regalarnos de nuevo el típico fuego de la Meseta, con una quietud que anunciaba el desalojo veraniego de la ciudad. «El sol es una estufa de butano», recordé que cantaba Sabina sobre Madrid. Volví a sacar el papelillo con la dirección del Cucharilla. Había verificado por internet que la calle de la Sombrerería se encontraba detrás del Reina Sofía, paralela a la Ronda de Atocha.

Lavapiés es un latido que aún resiste en el Madrid de siempre; un barrio con voces de pueblo, locales de ultramarinos, librerías de viejo y macetas de geranios en los balcones, donde todavía se puede disfrutar en las tabernas de un pisto manchego o unas migas con boquerones. Las abuelas castizas —que hablan con la *j* en la garganta— se mezclan con todas las culturas y razas del mundo sin hacer patria de ello, y llaman *hijo* a todo el que se le ponga por delante. En mi jaula dorada del barrio de Salamanca había perdido todo eso, descuidado la marabunta de detalles que puede regalar una ciudad a un escritor y olvidado la esencia primera que alimentó mi manera de entender el mundo. Aquella mañana buscando la casa del Cucharilla percibí de nuevo la emoción de sentirme perdido en mi propia ciudad.

Antes de entrar al portal, tomamos ese café liberador de media mañana en un cuchitril de la misma calle, y le desembuché a mi hermana todos los detalles de la autopsia, embarazo incluido. La pobre no daba crédito.

—Luisito, escúchame, vamos a aceptar la invitación de la Perca y nos marchamos este fin de semana a Buitrago. El asunto está tan enrevesado que tenemos que encontrar el inicio de la madeja para tirar del hilo. Ella tiene los datos y hay que desmenuzarlos uno a uno. La policía se ha enrocado con el Cucharilla y de ahí no sale. Aquí hay tela para diez trajes.

Asentí con la cabeza y pensé que no tenía nada que perder. Además, nos vendría bien salir de Madrid y quitarnos de en medio, ahora que la noticia había saltado a los periódicos.

La señora que vimos arrastrando los pies en la comisaría nos abrió la puerta. Vestía una bata veraniega de color ceniciento, en consonancia con el ambiente del piso. Todo era interior, con cuatro ventanas viejas que daban a un patio mugriento y cochambroso. La luz natural apenas se colaba por una de ellas, con un sol tímido, oblicuo, que tenuemente iluminaba la penumbra del pasillo. Doña María, así se presentó, nos invitó a sentarnos en un sofá que ocupaba la mayor parte del pequeño salón de la casa. Colgaban de la cabecera unos tapetes de ganchillo que llevaban años sin pasar por la lavadora. Sobre la tele presidía la escena un cuadro del Sagrado Corazón con destellos dorados. Se empeñó la mujer en servirnos otro café. El tercero de la mañana.

Doña María también estaba de luto y a duras penas retenía las lágrimas con un pañuelo que se guardaba constantemente en el bolsillo de la bata. Tuvo que ser guapa en sus tiempos mozos, pensé. Aún conservaba un pelo abundante con ondas de mujer antigua y reflejos de color caoba. Reiteré mi primera observación de que no era tan mayor como aparentaba. Doña María nos dejó enganchados a su narrativa; es de esas personas que atrapan los versos y conjugan los verbos con una gramática propia. Diría que tiene diamantes en la boca. He vuelto cientos de veces a su casa con el único placer de escuchar cómo enlaza las palabras. Tras hablar con ella, siempre tengo la sensación de regresar de un largo viaje al pasado.

Doña María tuvo a su hijo a los diecisiete años, a una edad en la que una niña se puede transformar en madre sin darse cuenta. Una infancia rota por un soldado que andaba de permiso por el pueblo y al que nadie volvió a ver nunca más el pelo. La madre se inventó para el niño un apellido de origen vasco, Gabarri, porque recordaba la manera de hablar de aquel soldado y se le antojó que era del norte.

—El niño era muy listo de pequeño, con una simpatía y una gracia que no había cosa igual en el pueblo. Pero una tarde, jugando con él, se le cayó a mi hermano de cabeza. Yo sabía muy bien que aquel chichón había crecido hacia el interior y que el seco golpe removió los jugos y las piezas que tenemos en el cerebro. Mi Enrique no volvió a ser el mismo —nos relató, sacando de nuevo el pañuelo del bolsillo.

Cuando el Cucharilla tenía cinco años, se marcharon a Madrid. Doña María se colocó de sirvienta al cuidado de dos ancianos que vivían en el primer piso, sobre la portería que ocupaban los abuelos de Elisa.

—Un poco más arriba de aquí, don Luis, en una bocacalle de las Cortes. Una casa de gente fina, de abogados y médicos, a cuatro pasos del paseo del Prado. Aquella pareja de viejos me dejó tener al niño conmigo. Dios los tenga en su gloria —se santiguó.

Haciendo gala de su dialecto manchego, doña María nos describió detalladamente la pequeña guarida donde Elisa pasó su infancia. La casa de los porteros, en los bajos del edificio, era una cueva húmeda y oscura con una minúscula cocina que hacía las veces de cuarto de estar. Tenía dos dormitorios donde solo cabía una cama de canto. El baño era una especie de baúl levantado con una ventanilla que se abría al patio del edificio. En ningún rincón de la casa se podía criar una mísera maceta por falta de sol.

—¿Ven ustedes esta casa? Pues es el Palacio Real comparado con la portería de los abuelos de Elisa. Se trataba de la antigua carbonería del edificio, con cuatro peldaños de bajada en los que te dejabas los cuernos. Allí no ventilaban ni los suspiros.

Doña María viró la conversación hacia los abuelos de Elisa.

—Hubo un tiempo en que los españoles tuvimos que volar hacia el norte, como las tórtolas; los andaluces a Cataluña y los extremeños al País Vasco. Otros nos quedamos a mitad de camino, en Madrid. Yo vengo de un pueblo manchego que malvivía con cuatro viñas y tres rebaños de ovejas. Y mire usted, ahora todos tienen allí su pensión y viven como los ricos, mientras yo sobrevivo en Madrid con un sueldecillo que no me da para mucho. Las vueltas que da la vida.

Los abuelos de Elisa eran gente muy humilde de un pueblo de Cáceres que habían emigrado de jóvenes a Bilbao para trabajar en las fábricas. En el País Vasco no les fue mal, porque el abuelo se colocó como soldador en la metalurgia y la abuela en una fábrica de conservas, limpiando pescado. Se habían comprado un pequeño piso en Baracaldo, con vistas a la ría, y aún les quedaba algo de dinero para enviar a la familia a finales de mes. El problema fue la hija, la madre de Elisa, que se juntó con muy malas compañías.

—En aquellos tiempos, la heroína se llevó por delante a toda una generación de jóvenes. Ricos y pobres. El hijo de Lola Flores fue el caso más sonado. La droga hizo estragos en todas las casas, donde se coló la muerte sin que nos diera tiempo a reaccionar. Lo que debieron penar los abuelos con la muerte de la hija no lo sabe nadie. Y lo peor es que uno jamás se quita de encima la sombra de la culpa. Cargas con la responsabilidad de por vida —nos contó doña María con lágrimas en los ojos.

Con la nieta pequeña, que apenas había cumplido un año, tomaron la determinación de marchar a Madrid para empezar de nuevo.

—Uno no puede sobrevivir en el lugar de la tragedia —sentenció la madre del Cucharilla.

Gracias al dinero del piso de Baracaldo pudieron mantenerse durante algunos meses, hasta que encontraron la portería en el centro de Madrid.

—El abuelo solo vivía para la nieta. No he visto una devoción igual. Don Fermín se pasaba las tardes en la biblioteca del barrio para que Elisa pudiera hacer los deberes con un poco de luz. Muy trabajadores los dos; la abuela tenía siempre el portal que se podían comer gachas en el suelo.

Doña María se brindó por fin a hablarnos de Elisa, esa niña con el cabello de fuego que miraba como una perforadora, escudriñando el interior de cada uno. Seguramente, ahora hubieran diagnosticado a la niña con altas capacidades. Tenía un talento que generaba más miedo que admiración. Un tanto rara y particular, especificó doña María.

—Elisa tenía además un sentido radical de la justicia, excesivo para su edad. Desde el primer momento, tomó las riendas para defender a mi Enrique de las burlas de los otros niños del barrio. Al pobre le llamaban monstruo, engendro y Frankenstein, porque a partir de los nueve años comenzó a crecer como un árbol, a lo alto y a lo ancho —nos informó doña María abriendo mucho los brazos.

Entre los dos niños se empezó a forjar una relación de complicidad y se hicieron inseparables. La Bella y la Bestia, les llamaban los vecinos. Elisa iba a la escuela pública del barrio, nos informó doña María, mientras que al Cucharilla le habían aceptado en los Salesianos de Atocha, donde los curas tenían un grupo de «niños especiales». Enrique Gabarri se sentía bien a salvo al regresar del colegio, porque Elisa conocía todos los secretos del vecindario y no tenía reparos en utilizarlos para salir en defensa de su amigo.

—Fue entonces cuando comenzaron a ocurrir cosas raras en la casa. Había un señorito, el hijo del abogado del tercero, que tenía la manía de escupir en las escaleras y comer pipas en el portal, incluso cuando la abuela estaba fregando. Un remilgado que se creía por encima del resto del mundo. Hacía además gestos de asco cuando veía a mi hijo. «Tonto, quita de en medio», le decía. Una tarde, se rompió la cuerda del ascensor cuando el señorito estaba dentro y cayó al vacío desde los tres pisos de altura. Los bomberos tardaron más de una hora en sacarle de aquel amasijo de hierros. Sobrevivió, pero se quedó con una cadera a la altura del hombro y más desfigurado que el Fantasma de la Ópera. Los peritos no pudieron dictaminar las causas de la rotura y no se investigó más el asunto, pero quedó flotando en el aire el germen de la sospecha. A los pocos meses le tocó el turno a don Bartolo, antiguo coronel del ejército. Era un despreciable solterón que se aprovechaba de la joven sobrina que vivía con él. El viejo cretino no solo la utilizaba de criada. Todas las niñas del edificio sabían que no podían quedarse a solas con don Bartolo, nunca, bajo ningún concepto. Aquel mangurrino tuvo su merecido: apareció frito como un gorrión por una descarga eléctrica. Una toma de corriente en mal estado le dejó con el dedo pegado al timbre de su propia casa. Parada cardiorrespiratoria, dijeron los médicos. La sobrina lo heredó todo y se fundió el dinero del coronel en viajes y centros de belleza, tal y como le recomendaron los psicólogos. Se casó con el librero de la calle. Más guapa que iba la muchacha ese día... —nos relató doña María haciendo por fin un descanso.

Mi hermana y yo nos miramos sorprendidos. ¿Estaba acusando doña María a nuestra Elisa de aquellos accidentes? Nos leyó la mirada.

—No, no quiero decir que alguien manipulara el ascensor y el timbre, y mucho menos estoy acusando a Elisa. Solo digo que vino Dios a vernos y que nos quedamos bien a gusto en el bloque. A partir de entonces, nadie se atrevió a meterse con mi niño y empezamos a ver a Elisa como una especie de Juana de Arco.

Fue en ese momento cuando la madre del Cucharilla cambió de tema y nos habló de doña Paquita, la maestra que tuvo Elisa en el colegio. Ella nos podría contar muchas cosas más.

—Vive dos calles más arriba y nos vemos todos los días en el Centro de Acogida de Lavapiés. Yo trabajo allí, en la cocina; tengo muy buena mano para los guisos —nos dijo con orgullo—. Doña Paquita trabaja de voluntaria, para enseñarles el español a los inmigrantes.

Mi hermana puso mucho interés, porque estaba hasta las narices de los problemas matrimoniales de las parejas de pijos y quería cambiar de trabajo. Llevaba un par de años dándole vueltas a la idea de centrarse en la psicología de adolescentes en riesgo de exclusión, y los menores inmigrantes lo eran. Así que vio la ocasión que ni pintada y se prestó a conocer a la maestra a la primera ocasión posible.

Doña María nos relató lo brillante que era Elisa en la escuela y cómo doña Paquita se ocupó de ella para que siguiera con los estudios hasta el final.

—No se pueden imaginar lo orgulloso que estaba el abuelo el día que Elisa se licenció. Mi Enrique y yo fuimos también a la ceremonia. No he visto en mi vida llorar a un hombre con tanta alegría como a don Fermín aquella tarde. No le cabía el traje en el cuerpo, con todo lo que había pasado el pobre hombre en la vida.

Y después nos contó cómo Elisa montó la empresa con Manolín, evitando cualquier comentario sobre el mejor amigo de Elisa. El negocio surgió de la nada. Alquilaron unos bajos cochambrosos en la calle Claudio Coello, que el abuelo les ayudó a acondicionar, y levantaron la tienda de ropa infantil más moderna que se había visto en el barrio de Salamanca.

—Fue cuando Elisa se marchó del barrio y dejamos de verla tan a menudo. Con las primeras ganancias de la tienda, nos invitó a pasar una semana de vacaciones en Mallorca. La abuela y yo nos pusimos a rezar todo lo que sabíamos cuando subimos al avión y no paramos de santiguarnos hasta que aterrizamos. A mi Enrique se lo llevaron las azafatas a los asientos de los ricos para que pudiera estirar las piernas. Se tomó dos cafés con cruasanes. Después, no había manera de que se estuviera quieto. Se subió a la cinta de los equipajes y estuvo media hora dando vueltas como un loco hasta que el abuelo le pudo pescar.

Doña María nos dio toda una retahíla de detalles sobre aquel viaje del que yo no había oído hablar en mi vida. ¿Por qué razón Elisa me ocultó su pasado? ¿Por qué jamás me habló de la portería, de sus amigos de la infancia, de doña María y de la maestra? ¿Se avergonzaba acaso? Empecé a sentir la punzada de otra posible causa. Quizás era yo, mi origen de niño rico protegido por su conocida madre, arropado en una casa de quinientos metros cuadrados con jardín y piscina, habitante de un mundo que nada sabía de porterías oscuras ni emigraciones ni muertes por sobredosis. Cuánto se habría reído ella de mis anécdotas en el piso de Carabanchel; el niño bien jugando a ser pobre, el presumido que rechazó una plaza en la universidad para perseguir el sueño de ser escritor. Siempre con la alfombra roja a los pies.

—Nos alojamos en un hotel a pie de playa donde podíamos comer lo que quisiéramos, con todos aquellos camareros a nuestra disposición. Nosotros, acostumbrados a servir, no podíamos creer que por una vez fuéramos los servidos. La abuela y yo nos levantábamos los primeros días a quitar los platos, pero tuvo que venir el director del hotel a recordarnos que éramos sus invitadas —nos contó doña María con los ojos brillantes.

Aprovechando que hizo un respiro para tomar aire, agarré la ocasión para preguntarle por la relación entre su hijo y mi mujer. Quería conocer su versión de los hechos, y si el comisario estaba en lo cierto con atribuirle a su hijo el robo del reloj que desencadenó la tragedia. Doña María me agarró de la mano y nos condujo por el pasillo hacia una pequeña habitación donde estaba el taller de relojero del Cucharilla.

El cuarto estaba en penumbra. Dominaba la estancia un banco de madera alto donde el Cucharilla trajinaba con los relojes. Había numerosos cajoncillos para guardar los objetos que ya habían sido inspeccionados por la policía. Todo estaba muy ordenado y primoroso: varios juegos de minúsculos destornilladores a la derecha, pinzas de todos los tamaños, martillos y punzones, navajas, aceiteras de juguete y la lupa de relojero en el centro de la mesa. En un lateral había un cuenco con caramelos de menta. Enrique Gabarri había dejado uno de los relojes abierto, con las tripas de la maquinaria al aire, y pensé cómo podían las manos de aquel grandullón manejar unas piezas tan minúsculas.

—No es que el pobre ganara mucho dinero con esto, porque le engañaban como a un chino, pero le tenía todo el día ocupado y sacaba algún dinerillo para sus gastos.

Doña María fue abriendo los cajoncillos para enseñarnos los relojes. La mayoría eran de lujo, de marcas conocidas, por los que cualquier cliente hubiera pagado un buen dinero. Observé con detenimiento la habitación. Estaba decorada con fotografías del Cucharilla, y pude identificar claramente las del viaje a Mallorca. Había una seleccionada, y colocada en un marco sobre el banco de trabajo. Reconocí a una Elisa muy joven, con un bañador amarillo de margaritas blancas. Estaba rodeada por los brazos de su gigante y sonreía abiertamente a la cámara. El sol radiante iluminaba el rojo de su cabellera. Me recordó a Judy Garland en *El Mago de Oz*.

—La policía se llevó el otro reloj de oro que estaba arreglando. Según ellos, se lo había robado a un magnate de la mafia calabresa en la mismísima Puerta del Sol. Todo eso es mentira. Mi Enrique se lo compró a un gitano del Rastro.

Y entonces me atreví a preguntarle por las numerosas detenciones del Cucharilla y la infinidad de veces que Elisa había pagado su fianza.

—Él trapichea en la calle, no lo voy a negar, y la policía le anda siempre a la zaga. Como es tan grande… —dijo hablando en presente, como si estuviera esperando al Cucharilla para comer—. No digo yo que pagara impuestos, pero no es un ladrón. Eso lo sabe una madre.

Tras la muerte de los abuelos, doña María y el Cucharilla estuvieron un tiempo sin ver a Elisa. Lamentó no haber sido invitada a nuestra boda, y yo apenas pude recordar cuatro o cinco personas por la parte de Elisa: Manolín, mi editor y las dependientas del negocio. Más o menos las mismas personas que habían acudido al entierro. La primera vez que detuvieron al Cucharilla, con el famoso robo de la cubertería de plata, doña María llamó desesperada a Elisa. No sabía a quién recurrir. No era cierto que el muchacho se hubiera colado en la fiesta; la condesa le había contratado para subir unos barriles de cerveza hasta la terraza del ático. Enrique Gabarri vio las cucharillas de plata alineadas sobre la mesa y se las metió en el bolsillo, como probablemente hubiera hecho cualquier niño pequeño. La policía clasificó el hurto como robo, así que o pagaba la fianza o le caían siete meses de cárcel. Elisa Bermejo se hizo cargo de lo primero, y sacó a su protegido del calabozo en el primer estreno del grandullón con las fuerzas de seguridad.

—Y a partir de esa detención volvimos a recuperar el roce, porque no fue ni la primera ni la última vez que tuve que recurrir a ella. Otras veces era Elisa quien nos llamaba. Utilizaba a Enrique como guardaespaldas para algunas de las entregas del negocio —nos informó doña María.

Mi hermana y yo nos miramos sorprendidos. ¿Qué tipo de entregas podía hacer una mujer que vendía peleles y sonajeros para necesitar un escolta?

—No está Madrid para que una mujer ande sola por ahí —nos aclaró doña María.

No me atreví a comentarle la primera conjetura de la policía, que aseguraba que el Cucharilla y mi mujer eran amantes. Tampoco indagué en las habilidades físicas y mentales del hijo de doña María, que imaginé escasas en todos los sentidos, salvo para trajinar con los relojes. La madre volvió a leerme el pensamiento.

—Mi hijo era como un niño de cinco años, solo que metido en el cuerpo de dos hombres. La mañana del asesinato, él se levantó temprano para ir al Rastro, como hacía todos los domingos. Y no sé nada más. ¿Cómo acabó en ese hotel con Elisa? Tengo mis conjeturas, y lo más probable es que fue ella quien le llamó por algún asunto.

Le recordé la extraña pulsera de hilo anudada que llevaba su hijo la mañana del asesinato. Si tenía algún sentido.

—Se la hice yo con las agujas de croché, con tres nudos apretados para que nunca se olvidara de tomar las tres pastillas. Las medicinas son para los dolores de las articulaciones.

Y aquí doña María se derrumbó volviendo al presente, un presente y un futuro sin su hijo, al que puso un apellido del norte para arroparle con un padre que nunca tuvo.

—Tengo que hacerles una confesión a pesar de la tragedia. Siempre recé para que él no me sobreviviera. Me atormentaba pensar quién cuidaría de mi niño cuando yo faltara. Nosotras, las madres de criaturas así, llevamos esta contradicción por dentro —confesó doña María con un hilo de voz.

Justo llamaron en ese momento a la puerta. Una vecina le traía a doña María un guiso de carne con patatas. La consoló y le recordó la partida de cartas que tenían a las cinco de la tarde. Pensé en mis propios vecinos, desconocidos, ausentes. Ninguno de ellos se había acercado aún para darme el pésame. Sentí más pena de mí mismo que de aquella buena mujer a quien la vida no había sonreído.

Mi hermana y yo volvimos a casa en silencio, sin decir una sola palabra. En el autobús, me vino la imagen de Elisa con el bañador amarillo de margaritas cantando *Somewhere Over The Rainbow* por las playas de Mallorca.

Nuestro padre había preparado un arroz caldoso de pollo para consolar también a sus hijos y se había pasado la mañana arreglando los desperfectos de mi propia casa. Tiene el don natural de reparar los daños ajenos. Para mi sorpresa, no estaba tan hundido por la muerte de Elisa como yo esperaba. Tenía la mirada alegre y una nueva gallardía que le desconocía. Pensé que eran las rutas en bicicleta al aire libre. De postre, nos sirvió unas natillas con las galletas temblando sobre la crema.

—No hay nada que una buena comida no pueda curar —nos dijo canturreando.

V

Cargamos el maletero como si fuéramos de expedición al desierto del Sáhara. Mi hermana había metido toallas, sillas de playa, sombreros, un botiquín y una nevera portátil repleta de agua mineral. Salimos de Madrid a media mañana. Volvía a picar el sol y enfilamos la A-1 dejando atrás el paseo de la Castellana, pasando bajo el arco triunfal de las torres de Europa.

Como dos toreros.

Mi padre se había marchado de vuelta al pueblo con su amigo Braulio, dispuesto a retomar la bicicleta con la pandilla, como seguramente hubiera hecho en sus tiempos escolares. Aparentaba una excesiva normalidad y entereza, aunque yo sabía que Elisa le había dejado un gran vacío, un hueco de los que duelen. Quedamos en reunirnos con él en agosto, una vez hubiéramos puesto en orden los flecos sueltos que nos dejó la repentina muerte de Elisa.

El verano prometía.

Rosario puso un CD con la voz desgarrada de Amy Winehouse y pensé que ambas eran muy parecidas. Tenían cierta cara caballuna y poca carne en los huesos, además de ser desafiantes, rompedoras y libertinas, para ocultar a fin de cuentas una fragilidad infantil.

«Yo con mi cabeza alta y mis lágrimas secas

Sigo adelante sin mi hombre».

—¿Te habrás traído un pijama limpio? —me dijo.

Y esa pregunta me recordó a mi madre, tan preocupada siempre por nuestra imagen. Mi hermana se va pareciendo cada vez más a ella; no solo en lo físico, sino también en la manera de ser. Con lo mal que se llevaron y lo poco que se entendieron. Durante la adolescencia, mi hermana Rosarito hizo todo lo posible para que nuestra madre no tuviera un rato de paz.

—¿Y el cepillo de dientes? —insistió.

En aquellos locos tiempos de su juventud, Rosarito llevaba las faldas más cortas que nadie, cambiaba de novio como de camiseta y llegó a tatuarse un cocodrilo en el tobillo. El colmo fue cuando se afilió al partido político contrario. Esto último nuestra madre jamás se lo perdonó, porque llegó a costarle una vicepresidencia.

—Si ni siquiera puedes controlar lo que tienes en casa —le dijeron.

Durante la enfermedad de mi madre, ambas llegaron a consolidar una amistad reconciliadora basada en lanzarse pullas constantemente. Era agotador. A nuestra madre le gustaba la pelea y había desarrollado una lengua mordaz a lo largo de su carrera política. Mi hermana no se quedaba atrás dándole la réplica. Yo presenciaba atónito esas batallas dialécticas que conseguían mantener a nuestra madre con vida. A todos nos sorprendió cómo se hundió Rosario tras su muerte. Siempre en la cuerda floja, moviéndose de puntillas por la vida, como Amy.

«Si debo tomar la decisión

Para saltar al océano,

No es asunto de nadie si lo hago».

A la altura de La Cabrera, comenzaron a destacar las redondeces de los granitos en el paisaje. A la derecha veíamos ya el embalse, medio oculto entre el melojar, con los robles y los tejos agostados por el calor con ese tono amarillento de la hepatitis estival. Me moría por tirarme de cabeza al Atazar y quitarme de una zambullida la amargura de toda la semana anterior. El meandro de Buitrago se abrió ante nuestros ojos, donde el Lozoya pega un requiebro hacia el sur, buscando escapar de los bellos berrocales. Los ríos tienen querencias que nadie entiende.

Recordábamos muy bien la ubicación de nuestra casa veraniega, pegada a la muralla vieja junto al castillo. Entonces los niños del pueblo nos recibían tirándonos bellotas desde el adarve.

—Ya están aquí los finolis de Madrid. ¡A por ellos! —gritaban sin piedad.

El nuevo pueblo se ha extendido hacia el sur, buscando las dulces aguas de Riosequillo, y la ciudad medieval ha recuperado un cierto lustre que nunca tuvo. Es el único pueblo de España donde hay que bajar para llegar a la iglesia. Aparcamos fuera de la muralla y levanté la cabeza para descubrir los dos nidos de cigüeñas blancas que coronaban la torre. Ya no preparan el largo viaje hacia el sur, porque la templanza de los inviernos las ha convertido en sedentarias. Apoyada en el estribo del arco medieval, Margarita Lozano nos estaba esperando con una cesta de cerezas. Ella es de esas mujeres que todavía llevan vestidos añosos de florecillas y sandalias de tiras de cuero pasadas de moda. Elisa hubiera tildado su estilo de Blancanieves tirando a ninfa del bosque.

En el salón estaba su hijo Pablo atento al ordenador, pero tuvo la deferencia de levantarse a saludarnos; a mi hermana con dos besos y a mí con un masculino apretón de manos. El pobre estaba aún a medio hacer; le colgaban los brazos del cuerpo como a los neandertales y tenía la cabeza hundida entre los hombros con las cuatro pelusas asomándole por el bigote. Fue él quien nos acompañó a nuestras habitaciones.

—Tened cuidado con las escaleras, son muy estrechas —nos previno.

La casa apenas había sido reformada. Aún olía a leña de pueblo y a humedad de río. Los interruptores de la luz seguían siendo de palometa y sobre las camas se extendían espantosas colchas de ganchillo. Seguramente ocuparon las horas libres de una mujer hacendosa. Frente a mi cama, había un aguamanil con su jarra y su platón que debió pertenecer al ajuar de alguna bisabuela de la Perca.

—Mi madre no quiere tirar nada —nos dijo el chiquillo disculpándose.

Me di cuenta de que mi amiga de la infancia me había cedido su dormitorio al encontrar unos pendientes de oro sobre la mesita de noche. Al fondo de la habitación había una gran estantería de libros. Me sorprendió encontrar mi obra literaria ordenada alfabéticamente por los títulos. Cogí al azar el primero, Atenas, y comprobé que estaba subrayado, con anotaciones al margen escritos a lápiz. Me dio un subidón.

Por toda la casa había unos cuadros magníficos y llenos de color; alegres pinturas que rompían con su actualidad el tiempo retenido entre aquellas paredes de piedra. Nos sentamos en el patio, rodeados por una ristra de macetas de madroños con las pequeñas bolas verdes asomando entre las hojas. El nogal daba una sombra fresca con una fragancia dulzona y narcótica.

—Pablo, ven y sírveles unas cervezas —le gritó Margarita desde la cocina, donde trajinaba con el almuerzo.

El adolescente nos atendió con la quietud de un esclavo egipcio y se sentó callado entre nosotros para hacernos compañía. Mi hermana y yo estábamos tan cohibidos como él. La comida llegó en forma de ensalada fresca y unos filetes con patatas fritas, que no habían pasado por las cámaras frigoríficas.

—La ternera sabe a pasto tierno y los tomates a huerta de abuelo con almocafre —dijo mi hermana, que no había visto un almocafre en su vida.

Después del café, me quedé dormido bajo el nogal, quizás una hora o dos, con la mente en blanco. Desde la muerte de Elisa no había tenido un momento de sosiego. Cuando desperté, las mujeres estaban organizando un baño en el pantano y el neandertal andaba quemando el móvil con los pulgares.

El pantano de Riosequillo no es lo que era. A su margen derecha le han robado las aguas para construir la piscina pública más grande de España, con cincuenta madrileños por calle haciendo largos entre niños gritones tirándose a bomba. Margarita Lozano sabía otros recovecos para nadar sin testigos, en una cárcava angosta donde dormitaba un tejo solitario, que nos sirvió para colgar la ropa. Ella fue la primera en lanzarse.

Ver nadar a la Perca es como presenciar un documental de naturaleza salvaje, un delfín saltando sobre el límite azul del reflejo del agua. Me atreví a mirar su cuerpo, romo y lozano, repleto de salud. Margarita Lozano es un grito a lo Rubens, pero en versión atlética. Recordé a todas las amigas de Elisa, enjutas y desabridas, con esa delgadez extrema de la capital; mujeres atrapadas en un campo de concentración propio de dietas, laxantes, gimnasios y tratamientos. Caras cadavéricas de pómulos resaltados. La propia Elisa lucía una oquedad bajo el cuello —lo que los poetas llaman el Bósforo de Almásy— del tamaño de una pelota de tenis.

Mi hermana se tiró al pantano tapándose la nariz y subiendo las piernas de un saltito, y yo esperé a mi colega masculino que se quitaba pudorosamente la ropa. Le reté a una carrera y vi en su mirada la satisfacción de un macho alfa. El jovencito no tuvo piedad: fue y vino tres veces antes de que yo pudiera dar cuatro brazadas, dejando mi honor a la altura del betún. Me excusé de tanto trabajo intelectual que me había hecho perder una forma física que, mentí, poseía de joven, y aproveché la ocasión para contarle cómo su madre me salvó de morir tragado por la presa cuando tenía más o menos su edad. El muy canalla se reía sin compasión mostrando el aparato de los dientes y se alejó buceando dejándome por imposible.

Mientras los mayores nos secábamos, el niño seguía dando trompazos contra el agua, mostrando cierta inocencia infantil que aún no había perdido del todo. Me extrañó que su madre no le llamara quinientas veces «cariño», ni le alertara otras tantas de los peligros que le acechaban en el agua. Le dejó disfrutar a su libre albedrío sin intentar demostrarnos la madre perfecta en que se había convertido.

—No saldrá hasta que os alejéis. Tiene seis dedos en el pie derecho y no quiere que nadie lo vea —nos dijo la madre.

—¿Y eso? —pregunté.

—El legado genético de esta parte de la sierra. Los niños nacen con seis dedos en el pie desde el origen de los tiempos. Su padre es de un pueblo de aquí cerca, de Manjirón, y le dejó el regalito congénito.

—¿Dónde está su padre ahora? —le preguntó mi hermana a bocajarro.

El padre de Pablito Seisdedos vivía en Alemania donde se había convertido en un pintor muy cotizado. Según la Perca, tenía un estilo abstracto cercano al de Miquel Barceló. Mientras que para el pintor mallorquín el mar es un tema recurrente, para el de Manjirón es la tierra con todos sus matices, incluyendo la variedad de animales salvajes que habitan en el melojo. Reconocí mentalmente su estilo en los cuadros de la casa de Buitrago.

Margarita Lozano hablaba de su ex con orgullo, sin insinuar el más mínimo reproche. Me decepcionó, porque yo confiaba en una separación traumática y dolorosa que me diera alguna ventaja.

—Nuestras vidas tomaron caminos divergentes —concluyó.

Así despachó la forense —mientras se secaba el pelo con una toalla— una separación que a cualquier otra persona le hubiera costado meses de psicólogo. Me hubiera gustado tener la ocasión de poner de vuelta y media al contrario y solidarizarme con mi amiga haciendo gala de las típicas frases como: *inconcebible, sinvergüenza, ya le pondrá la vida en su sitio.* No obstante, imaginé a Margarita regresando a casa después de abrir en canal a cuatro cadáveres y sentí cierta solidaridad por los Seisdedos, padre e hijo.

—Ahora vive en un pueblo del corazón de la Selva Negra, a media hora de Friburgo. Pablo pasará las vacaciones con él hasta que empiece de nuevo el colegio. Le encanta estar allí.

Para que el muchacho pudiera salir, mi hermana y yo nos volvimos a lanzar al agua. Intenté meter barriga y depurar un poco mi estilo de natación. Mi flácido cuerpo de cuarentón acomodado no respondió.

El sol empezó a derrumbarse mientras yo todavía flotaba en el agua del pantano. El canto de las cigarras se amortiguó con una ligera brisa. Eché de menos a Elisa. En esos momentos le hubiera recitado algún verso de Rubén Darío o cualquier cursilada de cosecha propia que a veces escribía solo para ella.

En estas cavilaciones andaba cuando ocurrió algo inesperado. Margarita Lozano se tiró dando un tirabuzón en el aire y simuló de nuevo el rescate. Me agarró fuerte rodeándome por el pecho y me sacó dando largas brazadas hasta la orilla. Nos reímos mucho con la ocurrencia.

—Hay que darle un golpe en la cabeza para que pierda la consciencia y no tire de ti hacia el fondo —dijo el sádico listillo polidáctil.

Y yo me hice el muerto para que ella arrastrara mi cuerpo sin esfuerzo, haciendo tiempo para que se me pasara la erección.

—Aún conservo la raqueta de tenis que me regaló tu padre después de sacarte del agua. Era de las primeras de fibra de carbono. Gané unos cuantos torneos con ella —dijo la Perca.

Me extrañó la ausencia de mi madre en su recuerdo y mencionamos las anécdotas de niños, la pandilla del verano y la libertad que disfrutábamos entonces. Los padres no se habían convertido aún en seres miedosos y remilgados; más bien agradecían que les dejáramos tranquilos para disfrutar también del veraneo a su aire.

—Pasábamos el día cazando ranas y bañándonos en el río. Aparecíamos en las casas solo para comer —recordó nuestra amiga.

Mi hermana y yo, que bien poco sabíamos de niños, asentimos y Rosarito se marcó un discurso en pro de la independencia infantil que nos dejó con la boca abierta.

—Los padres de ahora se pasan el día alabando las menudencias que hacen sus hijos para redimir la culpabilidad. Desprecian así a sus hijos, convirtiéndoles en inútiles consentidos. Tampoco es que les hagan más caso del que nos hacían a nosotros, pero tienen que estar todo el día con el postureo de padres comprometidos. Una farsa —sentenció mi hermana.

Es curioso el enorme sentido común que aplica mi hermana en su profesión y lo poco que le luce el pelo en su vida personal. Sus dos matrimonios habían sido un desastre. El primero, con un infeliz vendedor de coches; el segundo, con ese maldito cirujano plástico de gesto congelado. A ojos de la forense, Rosarito se postulaba como una mujer segura y muy profesional.

Una vez secos, me ofrecí a invitarles a una deliciosa cena en cualquier restaurante del pueblo. El baño nos había abierto el apetito y teníamos que hablar del asunto para el que habíamos venido. Dejamos al adolescente con su grupo de amigos en la plaza del pueblo. Su madre le dio un bocadillo de chistorra de media barra y un único consejo: «pásalo bien». Junto a la coracha del castillo, el ayuntamiento había improvisado una pantalla gigante donde proyectaban *Parque Jurásico*. Nosotros no estábamos para bichos prehistóricos y nos alejamos de la concurrencia para adentrarnos en un mesón que olía a chuletón.

—*Parque Churrásico* —dije para hacer una bromita de las mías, que mis dos acompañantes apenas celebraron.

Con los platos servidos, Margarita Lozano se puso en «modo forense» y viró la conversación.

—La autopsia es concluyente: Elisa estaba embarazada y ella lo sabía. No solo en su sangre, en la maleta encontraron también buenas dosis de progesterona y de ácido fólico —reafirmó.

—¿Tú crees que acudió a una clínica de fertilidad? —preguntó mi hermana.

—Estoy segura. A su edad es muy difícil quedarse embarazada de forma natural y las dosis de progesterona encontradas en su sangre son las típicas que recomiendan en las clínicas. Hay una cosa más, tenía un riñón con una malformación extraña y, a mi juicio, debía funcionarle al cincuenta por ciento. Esto puede que ella ni lo supiera.

—¿Podría ser el resultado de una gestación anómala? Por ejemplo, de una madre que consumiera drogas durante el embarazo —me atreví a preguntar.

—Eso lo explicaría perfectamente. Son las típicas malformaciones congénitas que causan los estupefacientes al feto —respondió la forense.

En este punto mi hermana le resumió nuestra conversación con la madre del Cucharilla y le desveló todo el pasado de Elisa. Le comentó también los asuntos del ascensor y del timbre, y las sospechas que nos dejó caer en el aire doña María.

—Una infancia como la suya, unido a una inteligencia desaforada, puede ser una bomba de relojería —sentenció nuestra amiga.

Le contamos también la versión de doña María en cuanto al crimen, negando el robo del reloj de oro y tirando por los suelos la versión de la policía. También le informamos de que Elisa utilizaba al Cucharilla como guardaespaldas para asuntos que desconocíamos.

—Yo estoy prácticamente segura de que el asesino iba a por Elisa, no a por el Cucharilla. He visto impactos de bala parecidos, típicos de un profesional. Se trata de mercenarios a sueldo que se mueven de un país a otro con identidades falsas. No fue un crimen pasional, ni monetario. A mi juicio fue un cometido bien renumerado. ¿Quién lo encargó? Es algo que tendrá que descubrir la policía, que sigue enrocada en el grandullón. Nadie hubiera pagado a un matón de esa categoría para cargarse a un pobre infeliz como el Gabarri.

Asentimos a sus afirmaciones y le anunciamos nuestro interés de continuar indagando en la infancia de Elisa. Nos sentíamos como Hansel y Gretel siguiendo las migas de pan para llegar a la casa de chocolate, con el frío aliento de la madrastra en la nuca. Nuestro paso inmediato era visitar a doña Paquita, la maestra de Elisa, que colaboraba como voluntaria en el Centro de Acogida de Lavapiés.

—Conozco muy bien el centro. Voy una vez al mes para realizar el examen forense a los chicos que van llegando. Los conocidos como MENA, menores no acompañados. La ley exige determinar su edad aproximada. He visto a doña Paquita varias veces por allí.

Mi hermana volvió a mostrar, por segunda vez, su interés en la psicología de adolescentes, y le rogó a la Perca poder acompañarla durante su próxima visita.

—Será estupendo, así me ayudas a manejar a los chicos. La mayoría mienten más que hablan, porque saben que el sistema no se hace cargo de ellos a partir de la mayoría de edad. Una psicóloga me vendrá de perlas.

De esta forma quedamos en ir juntos a conocer a doña Paquita, la maestra de Elisa. No teníamos la menor duda de que la buena señora nos sorprendería con más aventuras.

Entre bocado y bocado, intenté llevar la conversación a un plano más personal, receloso como estaba por el embarazo de Elisa.

—¿Sería posible conocer al padre biológico con un análisis genético? —le pregunté a la forense en mi ignorancia.

—En estos casos suele ser un donante anónimo, Luis. No te enredes en asuntos que no te llevarán a ningún sitio, tan solo a un mayor sufrimiento personal.

—¿Y si el donante fuera conocido? —insistí.

—Se podría cotejar con las muestras del feto, pero únicamente se realizaría si ayuda a la investigación —me respondió.

Empecé a elucubrar posibles nombres, y mi mente se enmarañó por primera vez de celos y rabia, construyendo una historia enrevesada de infidelidades, traiciones y paternidades robadas. De nuevo me sentí naufragar y pedí otra botella de vino.

—Basta, Luis, que luego te pones muy tonto —sentenció mi hermana anulando el pedido.

—Necesito una última copa para haceros una confesión —les dije.

Y con toda la sinceridad de mi alma reconocí que hubiera aceptado a ese hijo como mío. Le habría educado, paseado en el carrito, alimentado y vestido, asumiendo una paternidad comprometida sin proferir un solo reproche a la decisión que había tomado Elisa de ser madre.

—Eso te honra, querido amigo —dijo Margarita Lozano.

—Más tonto y no naces —sentenció mi hermana.

Me dejé llevar a casa por aquellas dos mujeres que sabían reinventarse, como lo hace una ola que regresa, una y otra vez, para lanzarse de nuevo contra la orilla. Esa noche yo era más bien una resaca marina, espesa y negra, que tira hacia dentro para arrastrarte hacia las oscuras y profundas llanuras abisales. Hasta sentí un ligero sabor de algas en la boca.

Me levanté como nuevo a la mañana siguiente. Había dormido intensamente bajo una de las obras cumbres del Seisdedos padre: un bodegón de tonos afrutados con un ramito de malvas silvestres. Me quedé un rato en la cama escuchando los andares de la casa. Comparé los sigilosos pasos de Elisa con los golpes de plantígrado de la Perca, y comprendí que no había dos mujeres más diferentes. Mi mujer tenía tendencia a los laberintos secretos, mientras que para mi anfitriona únicamente existe una línea recta, de punto a punto. Mi amiga de la infancia no solo cumple sus obligaciones con nobleza cartesiana, sino que es una mujer de bien, sin ninguna aspiración distinta que la de vivir tranquila. Había aprendido a quererse, a pesar de tener aquel maldito oficio de extirparle los secretos a la muerte. Esto parece sencillo cuando se viene de una niñez cálida y soleada, pero no lo es si tu propia madre te ha dejado el riñón como una pasa de corinto.

El café con leche y el pan de pueblo despejaron definitivamente mi mente para afrontar el nuevo día. El plan era dar un paseo por el pueblo y visitar el museo de Picasso, algo excepcional en un pueblecito con menos población que mi calle de Madrid. Pablito Seisdedos se había levantado contento; quizás consiguió robar un beso la noche anterior y retenía aún los átomos del deseo guarecidos en el aparato dental. Su madre había puesto un viejo disco de Aute, cuyas palabras flotaban entre los madroños. Así de trasnochada era Margarita Lozano.

Eugenio Arias, el barbero de Picasso, era hijo de un alfayate de Buitrago y de una pastora de Robledillo. Tuvo que exiliarse al sur de Francia tras haber luchado en el bando republicano durante la Guerra Civil. En un rincón apacible de la Costa Azul, el de Buitrago conoció a Picasso, y comenzó una entrañable amistad que duró 26 años. Entre los aparejos de afeites y las tijeras de pelar, el pintor le iba dejando descartes, dibujos dedicados, carteles de tauromaquia, cerámicas cervantinas y un bello retrato de Nicolasa, la madre del peluquero. Paseamos sin demora entre los objetos del genio, sorprendidos por la generosidad de don Eugenio Arias, que había donado aquella colección a su pueblo natal. Reafirmé mi convencimiento de que la cultura es la gran apuesta que debe hacer la España rural. Las artes lucen mucho más en los pueblos que en las salas abarrotadas de los grandes museos. En las ciudades, la gente mira sin tiempo para ver.

Junto al castillo almenado había un mercadillo de artesanía y busqué un regalo para Margarita y otro para su hijo. Para ella encontré un colgante de plata con la cola de una ballena, ideal para una nadadora de su calaña. Pablo aceptó entusiasmado una cartera juvenil de piel, donde hice que le grabaran su nombre. Fue su primera billetera. Le colé un billete de 20 euros en el interior. Mi hermana se volvió loca comprando una enorme cantidad de quesos como para alimentar a una familia numerosa.

—Son para los amigos de papá. Por llevarles algo cuando vayamos al pueblo —nos dijo.

Después del delicioso arroz con verduras que cocinó nuestra anfitriona, me quedé de nuevo narcotizado bajo el nogal. Recordé en sueños la etapa azul de Picasso, que ocupó todo un año de mis investigaciones artísticas. Había un cuadro recurrente: *Desnudo en azul*, con el cuerpo de una mujer de espaldas en posición fetal. Tenía el mismo pelo negro que Margarita Lozano agarrado en una coleta de rizos y esas prolijas caderas de haber albergado un hijo. Soñé con Elisa y con nuestro pequeño, cuyas células imaginé guardadas en un bote de formol y con una etiqueta manuscrita en el laboratorio forense.

Pablo vino a despertarme de mi letargo.

—Oye, Luis. Yo te puedo ayudar con lo de la clínica de fertilidad —me dijo bajando mucho la voz—. Soy un *hacker* de primera y me puedo colar en cualquier archivo digital.

Sin duda el muchacho había escuchado una conversación sobre el tema entre su madre y mi hermana.

—Sería genial. En cuanto sepa el nombre de la clínica te lo envío para que averigües lo que sea —le dije mientras nos intercambiábamos los números de teléfono y las direcciones de correo electrónico—. Pero esto será un secreto entre los dos, prométello.

—Mi madre no se enterará de nada, no te preocupes.

De vuelta a Madrid, con un olor a queso que tiraba para atrás, me sentí un villano. Había traicionado la confianza de Margarita Lozano, que nos había abierto su casa y su despensa para regalarnos un maravilloso fin de semana. A cambio me había conchabado con su hijo para cometer una ilegalidad, aceptando las artes informáticas de un menor para reponer mi honor. En eso me había convertido durante la última semana: en un cornudo mequetrefe sin escrúpulos.

VI

Pocas semanas antes de morir Elisa, entregué a Jaime Astur el último manuscrito. Era una tierna historia de amor de entreguerras en la bella isla de Santorini. El argumento giraba en torno a un arqueólogo inglés; un solterón empedernido que, tras muchas aventuras buscando la Atlántida perdida de Platón, cae rendido a los pies de una bella muchacha del puerto.

Pasé tres meses en la isla, documentándome sobre el arte y la historia de aquel rincón del mar Egeo que —según cuenta la leyenda— surgió de los rugidos de un volcán prehistórico. Alquilé una de las casitas encaladas que cuelgan de la caldera de lava, la situada en lo más alto del acantilado. En las Cícladas, los tejados se enrasan con el mar en una línea continua de añiles y las casas se visten con un traje blanco de novia. La mía tenía además una pequeña torre pintada de amarillo, que hacía las veces de faro durante el día.

Elisa vino a visitarme cuando estaba en el ecuador de mi estancia. Solía hacerlo siempre, pero en esta ocasión se quedó más tiempo del acostumbrado. Estábamos en invierno y aún no habían llegado a la isla las hordas de turistas. Le encantó la pequeña casa y se adueñó de ella. Durante aquellos días, nos levantábamos temprano para desayunar en el puerto y emprender un largo paseo husmeando entre las redes de los pescadores. Desde la orilla, veíamos llegar las primeras barcas con los pulpos aferrados a las poteras, moviendo los tentáculos de gelatina con el último aliento de vida. Yo dedicaba el resto de la mañana a mis investigaciones para el libro, mientras ella hurgaba en los pequeños comercios, chapurreando con unos y otros en un inglés práctico y callejero. Se la veía feliz, relajada.

—Sería capaz de vivir aquí —decía.

Para comer, quedábamos en la taberna del muelle donde nos preparaban el pescado del día, generalmente a la plancha, regado con una buena botella de assyrtico, un vino blanco con toques de ceniza volcánica. Elisa bebía y comía con alegría, olvidando por completo la dieta perenne que, en los últimos años, le había enemistado con los alimentos. El sol, la mar, los paseos y la buena cocina nos devolvieron las ganas de sexo y las siestas en nuestra pequeña casa blanca de torre amarilla fueron mitológicas. Dormir con ella era un ritual religioso.

Una semana antes de regresar a Madrid, Elisa me pidió que nos quedáramos:

—Podemos alargar el alquiler de la casa y regresar pasado el verano —me propuso.

Me sonó a farol, y le recordé los compromisos de su negocio y de cómo Manolín requería constantemente su presencia. En realidad era yo quien ansiaba volver. Tenía planificada la novela y estaba deseando hincarle el diente desde el cómodo despacho de nuestra casa. Soñaba con los titulares y las reseñas. Presentía que la novela de Santorini iba a ser especial; la historia de amor olía a Mediterráneo y sabía a taberna de puerto. Tenía todos los ingredientes para unas ventas multitudinarias. Tuve entonces la gloriosa idea de dejar pagadas veinte cajas de assyrtico para los ágapes de las presentaciones, botellas que nunca me llegaron a Madrid.

—Podríamos tomarnos un año sabático y empezar de nuevo, sin tantos viajes ni responsabilidades —me dijo Elisa.

Volví a insistir sobre las obligaciones que ya habíamos adquirido en Madrid. Yo estaba en la cresta de mi carrera, aún era joven y con muchas inquietudes por delante. No me apetecía un destierro voluntario al estilo de Saramago en Lanzarote. Esas cosas las hacían los viejos escritores, cansados ya de los ajetreos de la vida.

—Me gustaría llevar una vida más sencilla, Luis. Tener más tiempo para nosotros y para nuestra familia —me insistió.

Le recordé con cierto retintín que nuestra familia era tan limitada porque fue ella quien decidió no tener hijos. Me dejó bien claro desde el primer día que su negocio y su independencia eran prioritarios, porque no estaba dispuesta a criar mocosos y perder su juventud con responsabilidades familiares. Me pavoneé con mi carrera literaria, en auge, y le reiteré que no podía tirar todo por la borda porque ella quisiera ahora llevar una vida *flower power* que le iba a durar un suspiro, en cuanto se aburriera del mar y las cuestas, o la llamara Manolín con algún problema «irresoluble».

Elisa preparó el equipaje y se marchó al día siguiente en el primer barco de la mañana, sin hacerme un solo reproche. Yo me quedé a solas para cerrar los últimos flecos de la novela y documentarme algo más sobre la civilización minoica. Viajé hasta los restos del palacio de Akrotiri, donde los arqueólogos encontraron unos maravillosos frescos de muchachas recolectando la flor de azafrán. El palacio quedó sepultado bajo la gran erupción volcánica de la isla que —según el guía— fue una de las más colosales presenciadas jamás por el ser humano.

—Se hizo de noche durante varios días en todo el Mediterráneo, según recoge la Biblia.

Y yo también me adentré en las tinieblas. Durante esas últimas semanas sin ella, Santorini comenzó a parecerme una maldita cárcel de lava.

Jaime Astur me prometió que la primera edición de Santorini estaría en el plazo de un mes y que comenzaríamos la promoción del libro con el proceder de siempre. Desde la primera obra florentina, que tuvo una tirada de cinco mil ejemplares, había triunfado en el mundo literario con una sencilla receta: ficción y cultura. Primero elegía un destino con una historia milenaria y después me inventaba un argumento atractivo, una trama donde los personajes relataban el devenir de aquella civilización y sus manifestaciones artísticas. Elisa decía que yo escribía guías de viaje de culto.

—¿Para qué utilizan los viajeros sus libros? —me preguntó una vez un periodista.

—Para no dejarse engañar por la realidad —le contesté.

Mi papel se limitaba a viajar en solitario, recopilar información rigurosa y escribir la novela. Una vez terminada, Jaime y Elisa encendían los motores para su promoción y venta: viajes, presentaciones, lecturas, entrevistas, reseñas en los periódicos y un enorme trajín que me tenía todo el año ocupado hasta la siguiente aventura literaria.

De no haber conocido a Elisa en aquel tren rumbo a Florencia, mi destino ya estaba apalabrado como profesor en la universidad. Mi madre se había encargado de que me hicieran un hueco en el departamento. Pero la verdad es que yo no tenía vocación docente alguna, a pesar de ser el hijo de mi padre. Escribir artículos en revistas sobre mi especialidad no me suponía ningún aliciente. Como mucho, llegarían a leerme una docena de aburridos colegas en todo el mundo. Después de cuatro años dedicado a la tesis doctoral, había comprendido que el mundo académico se sostiene gracias a poner límites a la imaginación. No estaba dispuesto a acatar la disciplina universitaria. Mi verdadera pasión reposa bajo otros cielos. Consiste en pasar horas y horas buscando la palabra adecuada, darle cinco vueltas al diccionario hasta encontrar el sinónimo que necesito y fabricar esa correa de transmisión entre mis pensamientos y el lector, con la única misión de complacerle. A fin de cuentas, el escritor busca exactamente lo mismo que el resto de los mortales: agradar, ganar reconocimiento, admiración y elogio.

Jaime Astur me esperaba sentado en la terraza de la cafetería y me di el gusto de observarle largo rato por la espalda. Venía impecable, como siempre. Todos sabíamos que la muchacha filipina de su madre le planchaba las camisas con agua de rosas y que el muy tunante llevaba años haciéndose implantes en el pelo para disimular una calvicie prematura. Mi editor era un tarambana, el típico burguesito del barrio del Viso al que le gusta nadar en la opulencia; un virtuoso en la práctica del postureo. Elisa le manejaba muy bien y sabía que como editor tenía buena mano para llamar a la puerta adecuada. Jaime Astur contaba con buenos contactos y se movía como pez en el agua en los ambientes culturales de la alta alcurnia madrileña. De hecho, había fundado la editorial Ilustrados como una apuesta literaria para gente refinada y culta. Nada de *best sellers* ni literatura de consumo, sino libros bien editados con lujosas encuadernaciones de arte para un público selecto. Conmigo había creado la línea Los Viajes de Gulliver y con la de Santorini serían nueve las obras publicadas por la editorial bajo mi firma.

—¿Cómo estás, Luis? —me dijo levantándose de un salto.

Le conté, muy afligido, sobre las últimas pesquisas de la policía sin darle más detalles sobre la muerte de Elisa. Me abrazó flojo, más por obligación que por ganas, y llamó al camarero con un gesto altanero para que me sirviera.

—Siento muchísimo esta reunión, pero no podía esperar más. Estoy en la completa ruina, Luis. De no producirse un milagro, me veo condenado a cerrar la editorial. Estoy metido hasta aquí de deudas —dijo señalándose el falso tupé.

Me relató una larga serie de detalles sobre los costes de imprenta, traductores, publicidad, distribución y un sinfín de intermediarios que hay que sortear, desde que el escritor entrega el libro, hasta que llega a las manos del lector. Recordé las últimas y alertadoras palabras de Elisa sobre su amigo, así como la contundente sentencia de mi madre cuando le conoció: «un niñato jugando a librero». A la vista de su ropa de lujo y bronceado de actor no parecían irle tan mal las cosas. Me puse en guardia.

—¡Y ahora la muerte de Elisa! Me será imposible mantener a flote el negocio sin sus prebendas. A no ser que tú ahora, Luis, quieras ser mi socio.

—¿De qué estás hablando? ¿Qué prebendas?

En ese momento Jaime se repeinó y estiró la camisa. Observé que le goteaba constantemente la nariz y que tenía un tic nervioso en la rodilla.

—Venga, Luisito, no te hagas el tonto. Tú sabes perfectamente los negocios que se traían entre manos tu mujer y ese mariquita.

Y ante mi cara de asombro, Jaime Astur comenzó a hablar a la velocidad del rayo, de manera agresiva, violenta, como lo haría un jefe frente a un empleado bobalicón. Elisa le pagaba todas las tiradas de mis libros por adelantado, en metálico, y después cubría hasta el último céntimo de los gastos de viajes y promociones.

—Por una reseña en *El País* o *El Mundo*, con el título del libro y poco más, te clavan los mil euros. ¿Quieres que te diga lo que vale una entrevista a dos páginas?

Por mi mente pasaron miles de recuerdos de los viajes, las presentaciones que realicé en todo tipo de librerías, sedes culturales, embajadas; las entrevistas que di a los periódicos, la radio y la televisión; la multitud de reseñas en la prensa nacional, local, revistas literarias... Un reconocimiento que yo atribuía a la calidad de mis libros y a mi trabajo, al mérito de un artesano de la palabra que había tocado el alma del lector con su prosa y sus conocimientos.

—¿Recuerdas al famoso escritor que escribió el prólogo de tu libro sobre Pompeya? La bromita le costó seis mil euros a tu mujer, que le pagó en billetes de quinientos euros delante de estos ojos —dijo tirándose de los párpados inferiores y con acento de chulapo.

—¿Y las ventas de los libros? —pregunté sorprendido.

—Mira, Luis, ¿tú crees que se puede ganar dinero con una literatura de culto? Eso era en el XIX. Ahora se lleva la novela negra de corte nórdico, las historias de empoderamiento femenino o el canto de los pajarillos que han descubierto los escritores neorrurales. La gente quiere cosas sencillas, de consumo rápido y que les requiera el mínimo esfuerzo mental. Literatura de viajes... Si la gente encuentra todo lo que necesita en el móvil. ¿Quieres que te diga la verdad sobre tus ventas? El récord lo batió el manuscrito de París, con mil ejemplares vendidos, después de que Elisa se gastara un dineral en su promoción. Ni lo comido por lo servido.

—¿Y todo esto para qué? —pregunté sujetándome la cabeza con las dos manos.

—¿Para qué va a ser? Para blanquear dinero. Como hacen todos. Mi editorial es uno más de los numerosos chiringuitos que alimenta el dúo Pimpinela. Y tú el peón, que por lo que intuyo vivías en la más soberana ignorancia. ¿De verdad piensas que en este país alguien puede vivir exclusivamente de la literatura? Si hasta los premios Nobel tienen que salir en el *Hola* para completar el salario.

—¿Y mis beneficios? ¿De dónde salían? —pregunté con un susurro.

—Alma de cántaro, también de ella. Pasaba su dinero sucio a tus blancas cuentas. Y además te mantenía lejos un par de meses al año para hacer lo que le diera en gana.

—¿Hacer qué?

—Eso no lo sé, Luisito, porque a mí solo me llegaban los billetes y jamás indagué su procedencia. Pregúntale al mariflor de su socio, que está metido hasta aquí —dijo señalándose la cocorota.

Me entró un rencor irracional, una ira que jamás había sentido antes y la odié. Odié las largas manos de Elisa, su cuerpo, sus mentiras, su falsa entrega. Blasfemé contra sus dietas, la melena roja y sus pechos de adolescente. Aborrecí su ropa de marca, los tacones de veinte centímetros y su perfume oriental. En ese momento odié hasta la última molécula del cuerpo de Elisa y maldije el día que la conocí.

—Lo que yo te estoy ofreciendo es seguir con la línea editorial. Creo que este último libro de Santorini es muy bueno y lo podría colocar bien, solo necesito un empuje monetario, una inversión tuya como socio. Con sesenta mil euros de partida bastaría. Confía en mi —me dijo, poniéndome una mano en el hombro.

Yo reaccioné con violencia. Lancé un billete de 10 euros a la mesa para pagar las consumiciones y le retiré la mano de mi hombro con desprecio. Me marché dando una patada a la silla y le dije ante mi sorpresa:

—Si se te ocurre volver a llamarme, te mato. Te juro que te mato.

Me refugié en un banco del Retiro y comencé a llamar, una y otra vez, a Manolín. Le dejé al menos treinta mensajes de voz en el buzón, a cada cual más agresivo. Regresé a casa hecho una furia y revolví entre los cajones de Elisa hasta que por fin encontré la llave de la tienda.

Lo primero que hice al entrar fue quitar las alarmas. Los trajecitos de niño estaban ordenados por colores a la izquierda y los de niña a la derecha. Había una armonía perfecta en la distribución, con estanterías para los productos de higiene del bebé y los juguetes. Lo tiré todo al suelo. Arramblé con el decorado de lunas, soles y casitas de colores, arrancando el papel a tiras mientras maldecía en todos los idiomas que conocía. Cuando dejé la tienda hecha un berenjenal, me fui directo al despacho de Elisa y empecé a trasegar como un loco. Busqué documentos, facturas, diarios, cartas, nóminas; revolví los cajones, abrí los armarios, revisé sus anotaciones y listado de teléfonos. El ordenador no estaba, seguro que había sido también requisado por la policía. Encontré por fin una de las cosas que buscaba: una factura a la clínica de reproducción asistida Gineceo, con domicilio fiscal cuatro calles más abajo. Vaya, no se ha molestado demasiado.

—Ya tengo material para Seisdedos —me dije.

Di con la caja fuerte detrás de un cuadro de Monet (qué poco original) y probé todas las combinaciones posibles con las fechas que recordaba de su cumpleaños, nuestra boda, el día que nos conocimos. Nada, sin duda yo no estaba entre sus números. Como venganza le pegué un puñetazo al Monet justo en uno de los nenúfares blancos, que se abrió con un roto del tamaño de una pelota.

El despacho de Manolín estaba cerrado con llave, con una puerta blindada que ni se inmutó ante mis patadas. Me enfurecí aún más, así que la guerra continuó en el almacén del sótano, donde abrí caja por caja utilizando un cúter que había sacado de uno de los cajones. Ropa y más ropa, lociones infantiles, polvos de talco (que probé), juguetes de madera, móviles de bebé, peluches, paquetes de pañales, toallitas, cremas (que también probé), y de nuevo, cajas y cajas de sonajeros hechos con calabazas, iguales que los que había encontrado en el armario de mi casa.

—Mierda de sonajeros —grité, estrellando unos cuantos contra la pared.

Lo mezclé todo, lo pisé, lo lancé por los aires y finalmente caí rendido sobre los pañales. Desde el suelo vi que aún quedaba, en lo alto de una estantería, una caja de cartón cerrada con una goma. Allí estaban mis zapatos rojos, los que me hizo el maestro Lorenzino en su pequeño taller de la vía Fabretti. Hacía tiempo que no sabía nada de ellos; la última vez que me los puse fue en el entierro de mi madre. ¿Qué hacían allí? Me descalcé para probármelos y noté un pequeño objeto en el zapato derecho. Era un *pendrive* con una etiqueta manuscrita donde se podía leer «La Arpía».

Llegué a mi casa como si acabara de participar en la guerra de Vietnam, con polvos de talco por la cabeza, todo desarrapado y oliendo un pestazo a Nenuco que tiraba para atrás. El comisario estaba esperándome en el portal, con esa falsa sonrisa de Marlon Brando que incomodaba. «Lo que faltaba», dije en voz alta para que me oyera.

—Parece que no ha tenido un buen día, Luis Candoroso —me dijo.

—Los ha habido mejores —le contesté.

Se invitó a subir y se acomodó en un sillón del comedor. No le ofrecí ni agua y le apremié a que contara el objeto de su visita.

—Tenemos el caso resuelto. El asesino ha sido identificado. Un mercenario albanés bien conocido en el mundo del crimen. El tatuaje del trébol en el brazo derecho ha sido determinante. Es zurdo, así que todo encaja. Hemos enviado una orden internacional de búsqueda y captura. No sabemos en qué país está, porque estos personajes se mueven por el mundo con múltiples identidades —me dijo enseñándome la foto de un muchacho joven y guapo con pintas de matón. Su apellido era de esos que se escupen, con dos vocales acompañadas por siete consonantes.

—En el mundo del crimen se le conoce con el alias de Popeye —me informó el comisario.

—¿Y el móvil del crimen? —pregunté.

—Confirmado también. Fue el robo del reloj de oro. Tenemos testigos que vieron al Cucharilla dándole el tirón a un capo de la mafia calabresa. Esos no perdonan. También hemos dado la orden de búsqueda internacional para él.

—¿Y qué hacía allí mi mujer?

—Tenemos un registro de llamada desde el móvil del Cucharilla a su mujer, justo la noche antes del asesinato. Sin duda él había sido amenazado y tenía miedo. Recurrió como siempre a Elisa. Ella le quiso esconder durante algunos días en el hotel hasta que pasara el peligro. Había hecho la reserva a su nombre y pagado cuatro noches por adelantado.

Toqué el *pendrive* que tenía guardado en el bolsillo de mi pantalón y me atreví a hacerle la pregunta.

—¿Han encontrado algo extraño entre los documentos y los objetos de Elisa?

—Todo parece estar en orden. Una ciudadana ejemplar.

—¿Y el negocio?

—Hemos cotejado ventas e ingresos. Todo cuadra. Aún están los de Hacienda revisando algunos documentos, pero no hay nada que llame la atención. Por cierto, ¿sabe por dónde anda su socio?

Vaya, vaya… Manolín haciendo estragos en el corazoncito del guaperas.

—Se marchó a la playa con su novio. Esto ha sido demasiado para él —mentí poniendo cara de compungido.

—Le llamaré para que firme su declaración y para devolverle el ordenador de la oficina. El portátil de Elisa se lo traerán también en breve, así como sus objetos personales. Una última cosa…

—¿Sí?

—La llave que encontramos en el bolso de Elisa, con el letrero de «Salón de baile». No hemos dado con la cerradura. ¿Alguna otra idea?

—Vaya usted a saber. De algún hotel de cualquier ciudad europea. Elisa nació bajo una estrella errante —le contesté con sequedad.

—Bueno, estaremos en contacto para cualquier novedad —dijo el adonis levantándose y chocándome la mano.

Dios, ¿cómo podía sentarle tan bien ese traje de color marrón franciscano? Ese color doloroso que a los demás nos da un puñetazo en el ojo.

Le cerré la puerta al comisario y tardé un microsegundo en llamar a mi hermana:

—Rosarito, vente para mi casa, que tenemos faena.

VII

Mi abuelo Fernando fue una persona importante durante la Transición española. Era un pacifista convencido, con más ideas que ideología. Aseguraba que la democracia se fundamenta en que no todos pensamos igual, un gran descubrimiento después de vivir cuarenta años de dictadura. No era hombre de banderas ni soflamas, sino de méritos demostrados y virtudes conocidas. Fue también un visionario al declararse abiertamente europeísta desde el principio de la democracia.

—Tal y como está el mundo, hay que pegarse a Europa —decía.

Había siempre en mi abuelo algo de burla en todas las facetas de su vida, tanto en los discursos políticos como en las conversaciones familiares. Vivía con mi abuela Palmira en un ático del barrio de Chamberí, de esos pisos con techos altos y ascensores de rejilla, que se iban parando en todas las plantas sin necesidad de pulsar el botón. La casa de mis abuelos era un espacio abierto para el debate. Aunque solo vivían ellos dos, siempre había una mesa puesta para doce y camas ocupadas por viajeros y caminantes que andaban de paso por Madrid. Les gustaba organizar comidas de larga sobremesa y discutir hasta el anochecer, tanto de política como de literatura.

El abuelo Fernando fue un prolífico escritor de ensayos y colaborador asiduo en los periódicos nacionales. Tenía una columna propia llamada *El Cuentista*, donde hacía gala del relato corto y de una prosa demasiado pulcra y erudita. Le recuerdo como un abuelo divertido. Nos hacía reír imitando el sonido de los animales, desde el burro hasta la gallina, y hacía trucos de magia sacando monedas de nuestras orejas. Tenía además el empeño de leernos *El principito* cada vez que íbamos a visitarle. Me resultaba una historia insufrible, con mensajes profundos repletos de adulteces que nunca entendí. Prefería hurgar en la colección de canicas de cristal que guardaba mi abuela en una caja de madera y jugar a dispararlas por los suelos de madera de aquel ático de Chamberí. Todos los padres de la Constitución me pisaron alguna vez, porque la casa de mis abuelos era un ir y venir de gentes, y entre sus paredes llegaron a tomarse grandes decisiones de Estado.

Ahora bien, el personaje verdaderamente interesante de mi familia era la abuela Palmira. Andaba siempre metida en la cama, con jaquecas, dolores de huesos y numerosos padecimientos crónicos. Los tres o cuatro días al año que se encontraba bien nos mandaba llamar. Entonces mi madre nos vestía de fiesta y nos llevaba a casa de los abuelos tras adoctrinarnos con toda una retahíla de recomendaciones: «no canséis a la abuela, no dejéis que os compre juguetes, comed todo lo que os ponga». En esos días mágicos, la abuela Palmira nos cubría de besos y nos llevaba a la juguetería del barrio para elegir un regalo. A veces eran dos y hasta tres. Para el almuerzo, preparaba su famoso *baba ganoush*, un paté de berenjenas decorado con sésamo cuya receta era un secreto familiar.

—Mi madre, mi abuela y mi bisabuela ya lo preparaban igual —le gustaba recordar a la abuela Palmira.

Pero lo mejor de aquellos días buenos de la abuela era la posibilidad de enredar entre sus objetos secretos. Sacaba de los armarios velos y túnicas de seda, caftanes de satén con finos bordados, fajines de colores, así como extravagantes turbantes con tocados de plumas. Nos dejaba disfrazarnos con aquellas prendas y jugar en la salita de los tapices, simulando que servíamos el té en una jaima del desierto después de haber cruzado, a camello, las enormes extensiones de dunas.

Aunque la abuela Palmira era madrileña de toda la vida, tenía antepasados de la lejana Persia. Su quinto apellido era Qayar y presumía de ser descendiente de los antiguos reyes persas. Ciertamente, había algo monárquico en ella: la forma ceremoniosa en el caminar, el cuerpo delicado, etéreo, y la costumbre de dirigirse a los demás de una manera suave e indulgente. Conservaba además el espíritu hospitalario del desierto. Daba órdenes al servicio desde la cama, para que cualquier visitante fuera atendido como un huésped de honor. Aunque la abuela se confesaba católica, sabíamos que profesaba extrañas creencias. Llevaba consigo amuletos de leones alados y tenía por costumbre recitarnos letanías de tiempos muy anteriores al cristianismo.

—Pensar bien, hablar bien y hacer el bien —nos repetía constantemente la abuela Palmira.

El abuelo Fernando la adoraba como a una diosa y velaba continuamente por su descanso. Si alguna tarde la abuela se encontraba con ánimos de salir, el abuelo sacaba su pañuelo del pantalón y le limpiaba el asiento, aun en las cafeterías más finas de Madrid. Cuidaba de ella como si de una joya exquisita se tratara y jamás aceptó cargo alguno que requiriera su presencia fuera de Madrid. Toda su vida política se desarrolló entre su ático de la calle Fuencarral y el Congreso de los Diputados, sin realizar un solo viaje que le alejara de su delicada esposa. Nunca puso un pie más allá de los Pirineos. Su vasta cultura sobre el mundo, que era mucha, la aprendió de los libros. Curiosamente, la abuela le sobrevivió cuatro años, porque los enfermos crónicos suelen tener una salud de hierro.

Yo atravesaba los últimos coletazos de la adolescencia cuando la abuela Palmira murió. Vinieron gentes de todo el mundo a velar su cuerpo, como si fuera la última reina del Imperio aqueménida. Y seguramente lo fue. No había quedado ni un solo poso de la cultura persa entre nosotros, si acaso el perfil lineal de la nariz y una tez tostada que nos protegía del fuerte sol del verano, pero el entierro de mi abuela nos devolvió un pasado familiar que teníamos oculto en el ADN.

Los tapices de la abuela Palmira siguen decorando la salita para recibir a las visitas. Según la leyenda familiar, habían colgado del salón de recepciones del Palacio de Golestán. Recuerdo discusiones sobre si eran del siglo XVII o del XVIII. A mi hermana y a mí nos fascinaban. Tenían dibujos de arqueros a caballo, guerreros con halcones posados en los antebrazos y naves alargadas con hombres remando entre los tiburones. Para la imaginación de unos niños, los tapices de la abuela Palmira eran como un libro de aventuras por aquellas remotas tierras de sus antepasados.

Siempre tuve en el tintero escribir una serie de libros sobre las ciudades de Oriente Medio: Teherán, Bagdad, Petra o Jeddah. Lo había ido demorando por la tensión política y las guerras que azotan la zona. En el fondo, me daba un poco de miedo enfrentarme a la cultura de mis ancestros, como si temiera verme en un espejo y descubrir lo que no pude ser. Mi madre se quedó con la receta del *baba ganoush* de la abuela Palmira, y yo con su nariz rectilínea, la misma nariz de los dignatarios que aparecen en los bajorrelieves de Persépolis.

Mi madre, Mercedes de Castro, no tenía el talante intelectual del abuelo Fernando ni la elegancia etérea de la abuela Palmira, pero sí un sentido más práctico para asumir el orden establecido y transformarlo a su favor. Tuvo una exquisita educación en los mejores colegios privados de Madrid y realizó un grado en París sobre derecho internacional. Aquella formación transfronteriza le otorgó una aureola de mujer moderna, cosmopolita y preparada. Eso, y su apellido, le permitieron entrar por la puerta grande de la política.

Doña Mercedes era una mujer de ideologías, siglas y carnés, velando siempre para que ninguna oveja se descarriara de la disciplina del partido. Desde el primer momento asumió cargos de responsabilidad y tuvo como mérito hacer una buena carrera política sin haber ganado antes una nómina en otro trabajo, asunto que le reprochaba en numerosas ocasiones la bancada contraria, que tampoco estaba para presumir.

Doña Mercedes de Castro tenía una oratoria brillante, sin pelos en la lengua, muy atrevida en sus intervenciones. Había heredado del abuelo un diccionario de insultos ya desaparecidos que utilizaba a destajo contra los oponentes: *batracio*, *palurdo*, *pinchaúvas*, *cenutrio*, *bellaco*, *gaznápiro* e *inflagaitas*. Tenía fama de ser muy divertida a la hora de responder a la oposición.

—Es usted un cagalindes —le dijo en una ocasión al que más tarde sería presidente del Gobierno.

Fue también una mujer muy coqueta. Iba siempre de peluquería, maquillada hasta el más mínimo detalle, y destacaba por sus vestidos de colores llamativos; una estrategia para resplandecer en un mundo masculino de trajes grises y corbatas uniformes. La prensa la llamaba la Semáforo, debido al colorido que ponía a sus intervenciones públicas. Durante sus primeros años en la política, mi madre fue objeto de numerosos chistes y burlas como consecuencia de su atrevimiento.

—La mala leche es un signo patrio de identidad —solía decir el abuelo para consolarla.

Conoció a mi padre durante las fiestas de San Isidro. La Semáforo acudió como concejala a una verbena en el barrio de La Latina y se quedó prendada de la simpatía del profesor de matemáticas que la sacó a bailar. En el álbum familiar hay algunas fotos de aquel día, con mis padres jóvenes, abrazados y sonrientes. Pocos meses más tarde, una fría mañana del mes de enero, el hijo de un agricultor extremeño, profesor de Secundaria en la escuela pública, se casó con la hija del erudito y la reina persa, cuando yo ya estaba creciendo en la barriga de la novia. El galán del chotis no solo dejó a la novia prendada, sino también preñada.

—Vengo a pedir la mano de su hija y de mi hijo —les dijo mi padre a mis abuelos.

Aunque las diferencias entre mis padres eran abismales, el matrimonio cuajó. Quizás el secreto estuvo en que ninguno intentó cambiar al otro. Mi padre fue un baño de realidad en el ilusorio y fantástico mundo de mi madre. Los políticos tienden a rodearse de una camarilla de aduladores y acaban por fabricarse otra verdad. A cambio, el profesor se sacudió el pelo de la dehesa, y tuvo la oportunidad de conocer a personajes muy interesantes de la cultura y la política del momento.

El matemático accedió a la compra del chalet en Puerta de Hierro, donde nos criamos como unos privilegiados, rodeados de dos mil metros cuadrados de jardín. Mi padre puso su seña de identidad en aquella casa, sembrando cactus y plantas aromáticas que no precisaban de riego y haciendo de la humildad una constante en aquella jaula de oro.

El trueque con mi madre fue que no acudiríamos a colegios privados de tinte elitista, sino a la sencilla escuela pública del barrio. De esta forma, mi hermana y yo compartimos aventuras con los hijos de las criadas que limpiaban y cocinaban para nosotros. Ahora pienso que tuve una infancia de lo más normal, sin sobresaltos, y no tengo conciencia alguna de conflictos de clases ni posición. Yo simplemente jugaba con el primer amigo que tuviera a mano.

El despacho de nuestra madre era un lugar intocable, la única habitación de la casa donde no podíamos entrar. Tenía un saloncito adosado donde recibía a las visitas, con un enorme ventanal que daba al jardín. Los domingos que estaba en casa, retiraba los muebles de esa habitación y nos llamaba para improvisar bailes. De no haber sido política, mi madre hubiera sido bailarina. Dominaba todo tipo de ritmos y tenía una gracia especial para moverse. Su estilo favorito era el *swing*. Mi hermana y yo nos agarrábamos a ella para dar giros a la derecha, a la izquierda, vueltas y medias vueltas. Lo que más nos gustaba era hacer el molinillo alrededor de su cintura. La mayoría de las veces terminábamos tirados en la alfombra muertos de risa. Recuerdo mi infancia rondando el ventanal desde el jardín, con mi hermana adherida, ansiosos de recibir la llamada de nuestra madre.

Y aquellos felices momentos se fueron difuminando. A medida que mi hermana y yo crecíamos, mi madre fue asumiendo puestos de mayor responsabilidad. Cada vez la veíamos menos por casa. Y cuando estaba, se pasaba el día al teléfono, manteniendo largas conversaciones sobre intrigas palaciegas y enredos cortesanos. Aprendimos que —en política— el enemigo está en las propias filas. El jardín se llenó de flores efímeras que tapaban los espartanos cactus de nuestro padre; flores que traían unos operarios los días que mi madre organizaba cenas en casa para deleitar a sus importantes colegas.

Nuestra madre se volvió más crítica y arisca, incluso con nosotros, y su cambio de actitud se vio reflejado en el vestuario, que se tornó mucho más serio y gris. Una tarde descubrí en la cocina a una señora mayor de espaldas, vestida de raya diplomática y soltando improperios por teléfono a grito pelado. Entendí que la habíamos perdido definitivamente.

A vista de pájaro, Madrid es un hervidero de altos cargos desocupados, burócratas de corbata tiesa con ínfulas de aristócratas. Algunos departamentos ministeriales parecen toriles de pavos reales. Doña Mercedes entró en este juego de tronos y descuidó su vida personal. Fue en esta época cuando mis padres comenzaron a distanciarse para hacer cada uno la guerra por su cuenta. Ya no salían los sábados por la noche al club de baile, ni al cine ni a cenar, y el profesor se compró la primera bicicleta para disfrutar en solitario de largas escapadas físicas y mentales. Yo aproveché la crisis para huir de casa con el humilde sustento de mi beca, mientras que mi pobre hermana se quedó atrapada en el chalet, saliendo de una adolescencia difícil en un ambiente cada vez más enrarecido.

Cuando regresé de Florencia con Elisa de la mano, mi madre pasaba por un momento complicado. Las juventudes del partido reclamaban un cambio generacional y ella estaba perdiendo poder y posición. Se había hecho mayor. Sus ideas, de tinte moderado, ya no tenían cabida en un ambiente cada vez más crispado y con posiciones más extremas. Entonces apareció Elisa como un reflejo de lo que ella ya no era ni fue: joven, atractiva y una mujer hecha a sí misma, sin apellidos ni privilegios ni inmunidad. Elisa fue un huracán de categoría cinco para mi madre, que hubiera querido tener una nuera débil a la que amparar, una admiradora más en su círculo de aduladores.

—Que sepas que entras en una familia que ha hecho mucho por este país —le dijo mi madre el día de nuestra boda.

—Tanto o igual que la mía, doña Mercedes, solo que sin luz y taquígrafos —le respondió Elisa.

Y así empezó una guerra sin cuartel.

VIII

Mi hermana llegó apresurada, vestida con una de esas camisolas ligeras que se pone para estar en casa. Se había cortado el pelo a lo *garçon* y parecía muchísimo más joven.

—Te pareces a Audrey Hepburn en *Sabrina* —le dije con sinceridad, y a ella le gustó el comentario.

Le fui relatando, frase por frase, mi conversación con Jaime Astur, sin perder un solo detalle.

—Mamá lo vio venir de lejos. Ese editor tuyo no dio nunca un palo al agua. Estaba claro que Elisa manejaba, detrás del telón, el negocio de la editorial —confesó mi hermana mientras se abanicaba.

—Le amenacé de muerte. A Jaime Astur —le remarqué hinchando el pecho como un palomo.

—Se te está yendo la pinza con todo esto, Luis. No hay quien te reconozca. Tú, que no eras capaz de matar una mosca de pequeño —respondió Rosarito con gesto de exasperación.

Recordé las continuas advertencias de mi madre, que yo atribuí a los celos. La diputada me reprochó, una y cien veces, que hubiera dejado el puesto fijo en la universidad (que tanto le costó conseguirme) para aventurarme a publicar libros de viajes con un inútil relamido. Desde que regresé de Italia, mi madre se enrocó en el desprecio a mi nuevo oficio de escritor. Tan solo vino a una presentación literaria. Fue durante el ágape de mi libro sobre Roma, y porque sabía que acudiría un enviado de la embajada vaticana con quien tenía intenciones de hablar.

—Mamá te admiraba. Cuando recogí su despacho en la sede del partido encontré todos tus libros, leídos y subrayados. Los tengo guardados por alguna caja —me informó mi hermana, mientras yo recordaba también la estantería de Margarita Lozano en Buitrago.

Le relaté las sospechas fundadas sobre los posibles negocios sucios de Elisa y Manolín, escondidos tras el escaparate de las tiendas infantiles, y de cómo utilizaban mi actividad literaria para blanquear dinero.

—Eso se veía a la legua. Has estado en la inopia todos estos años. Hasta papá sospechaba algo, solo que nunca te lo dijo.

—¿En qué piensas tú que andan metidos? —le pregunté.

—Ni idea, pero no me creo que vivan a todo tren con la venta de bodis de algodón y patucos de croché. Mamá decía que debían traficar con droga.

—Vaya, veo que Elisa y yo hemos sido la comidilla familiar todos estos años. En la diana de vuestras sospechas.

—Tal cual. Pero siempre hemos tenido claro que tú estabas al margen de todo.

—El tonto del bote.

—Pues sí, para qué nos vamos a engañar —recalcó mi hermana.

Henchido de orgullo le conté, con pelos y señales, mi incursión en la tienda. Había dejado el local hecho un berenjenal buscando polvos blancos, hojas de marihuana y líquidos extraños.

—De pequeño no eras capaz de llenar un hormiguero de agua y ahora te metes a malhechor.

—Pues mira lo que ha encontrado este forajido —le mostré con orgullo el *pendrive*—. Estaba en uno de mis zapatos rojos en el sótano de la tienda.

—¿La Arpía? —preguntó mi hermana leyendo la inscripción.

Ambos sabíamos perfectamente a quién se refería Elisa con ese nombre.

Aparecieron varias carpetas en la pantalla del ordenador. La primera que abrimos contenía una serie de fotos de nuestra madre en actos oficiales, encuentros privados con colegas del partido, deportistas y comidas exclusivas con el actual candidato a la presidencia del Gobierno. En todas las fotografías se indicaba la fecha en una esquina y comprobamos que fueron tomadas el año anterior a su muerte, cuando ella aún desconocía la enfermedad. Las siguientes carpetas estaban enumeradas con un título común *Operación Futbolín 1, 2, 3…* Fuimos desmenuzando archivo tras archivo, descubriendo documentos comprometidos, escuchas telefónicas, mensajes de WhatsApp y grabaciones de conversaciones privadas. Después de un par de horas de auscultación minuciosa descubrimos que nuestra madre estaba metida hasta el cuello en una trama de corrupción. Le habían adjudicado la responsabilidad de montar una fundación de ayuda al deporte juvenil, con la finalidad de ocultar donaciones que acabarían en la caja del partido. Una manera muy altruista de financiación ilegal. El ideólogo de tal aventura era el actual candidato a ocupar la Moncloa.

—Mercedes, si tú no quieres hacerlo, has de saber que disponemos de una larga cola de interesados que estarían más que felices con el encargo. Los nuevos cachorros vienen con fuerza. Si deseas seguir en la directiva tendrás que demostrar tu fidelidad al partido. Ya sabes que muchos te tienen ganas —le dijo el «Presidenciable».

—Pero si esas criaturas imberbes escriben *viajar* con *b*.

—Por eso confío en ti; tu nombre y tu carrera son una garantía. Tú sabes mejor que nadie que no se ganan unas elecciones sin dinero en la caja.

—Si mi padre levantara la cabeza se avergonzaría de nosotros. Nos van a pillar, ya sabes cómo están los juzgados con estos casos. Fíjate en el cuñado del rey, en la cárcel de Brieva —contestó mi madre.

—Ese era un aficionadillo, el cabeza de turco.

Tras varias escuchas, confirmamos que nuestra madre finalmente cedió. Urdieron una trama de asociaciones locales para fomentar el deporte entre los jóvenes, especialmente en los barrios marginales de Madrid, y aprovecharon la imagen de algunos deportistas conocidos para vender limpiamente el proyecto. Las empresas satélites del partido hacían cuantiosas donaciones que salían por la puerta de atrás, mientras que en los locales juveniles se instalaban futbolines para que los muchachos no se dieran a la droga y a las malas compañías.

Teníamos una bomba en nuestras manos en un momento político muy delicado. En octubre habría elecciones generales. Las pruebas eran tan, tan evidentes que podíamos hacer estallar la campaña electoral por los aires.

—¿Tú crees que Elisa encargó esta investigación? —le pregunté a mi hermana ingenuamente.

—Sin duda. Tiene su sello. Además, ella tenía acceso a los teléfonos del chalet y a los personales de mamá. Es tan fácil colocar un micrófono durante un descuido.

—¿Y para qué? ¿Qué pretendía hacer Elisa con esta información? —pregunté ingenuamente.

—¿Restregárselo a mamá? ¿Amenazarla? ¿Tenerla cogida por los cuernos? ¡Por Dios, Luis! Este archivo puede acabar con la carrera de unos cuantos y despertar un escándalo monumental. No sé si te haces a la idea.

—¿Recuerdas los doscientos mil euros que sacó mamá antes de morir? ¿Tú crees que cedió a un posible chantaje de Elisa? —lancé esta pregunta al aire.

—Has dado en el clavo, hermanito; todo cuadra: las fechas y los actos. Elisa le debió mostrar lo que había descubierto y la amenazó con contarlo —sentenció mi hermana.

—Sí, ella se marchó de viaje pocos días antes de la muerte de mamá. Sin duda, hubo algo muy tenso entre ellas —recordé.

Caímos en la cuenta de que nuestra madre se puso enferma poco después de montar el tinglado del Futbolín; quizás el sentimiento de culpa se adueñó de su organismo. El cáncer de huesos fue demoledor, apenas duró tres meses después del diagnóstico. Durante su enfermedad, poca gente vino a visitarla, si acaso algunas llamadas de cortesía y breves mensajes solidarios. Mi padre cuidó de ella más por obligación que por amor, porque la llama de la pasión entre ellos se había apagado tiempo atrás. Doña Mercedes se fue consumiendo como una cerilla, cada vez más pequeña, y con la única compañía de su familia. Una vez terminado el juego, el peón y el rey van a la misma caja, dice el proverbio.

Nuestra madre murió el mismo día de su santo. Tenía 67 años y había sido una mujer de vanguardia, pionera donde las hubiera. La mañana de su muerte se incorporó de la cama y mandó llamar a la peluquera. Eligió un peinado a lo reina Sofía y dejó que la maquillaran con lentitud, como si estuviera en el camerino de un teatro arreglándose para la función. Ordenó a mi hermana que le buscara en el armario un caftán de seda de la abuela Palmira; una delicada prenda de color naranja con finos bordados en oro. Entregó todas sus joyas a mi hermana, incluidos los amuletos de la abuela, y tan solo se quedó con unos pendientes de ámbar a juego con sus ojos. También le dejó por escrito la receta familiar del *baba ganoush* y unos documentos en árabe que testimoniaban el noble origen de la familia. A mí me legó su colección de libros del XVIII, encuadernados en piel, con las guardas en papel de aguas, y una pluma estilográfica de oro que había pertenecido al abuelo Fernando. Hizo señales a la enfermera para que le retirara el goteo por unos minutos y se paseó por la habitación como una emperatriz camino del trono. La luz entraba por el ventanal, y una pequeña brisa movió la seda de su túnica. Nuestra madre representó la última escena de su vida. Pocas horas después moría con los labios pintados de carmín, los pendientes de ámbar y envuelta en sedas como una princesa de *Las mil y una noches*. Sonaba su canción favorita: *I Wanna Be Like You*, en una magnífica versión de *Swing* City. Hasta el último segundo, ella movió los dedos de los pies al ritmo de la música. A las ocho de la tarde del día de las Mercedes, el mundo perdió a una gran bailarina y a una singular política.

Tomamos la decisión de hacer un par de copias de los archivos del caso Futbolín y poner el original en una caja de seguridad que tenía mi hermana en el banco, donde guardaba las joyas de mi madre. Redactaríamos una especie de memorándum que le daríamos al notario, en previsión de que nos pudiera ocurrir otra desgracia. En un momento nos montamos una película de espías a lo John Le Carré, con un argumento bien hilado de posibles confabulaciones.

—Sabremos qué hacer con este material en su momento —remarcó mi hermana convencida.

Agotados de tanta intriga, nos sacamos unas cervezas a la terraza con los restos de carne en salsa que me había dejado la muchacha. Levanté el toldo para que entrara el frescor de la tarde. La floresta del Retiro se coló por el balcón. Elisa había comprado aquel ático de la calle Velázquez antes de conocerme; un pisazo fuera de las expectativas de cualquier joven del momento. Lo había reformado con mucho gusto, con suelos de tarima flotante y puertas lacadas de blanco. La cocina parecía un laboratorio esterilizado, alicatada de un blanco prístino, con electrodomésticos de acero inoxidable. Había dispuesto una isla en el centro con cinco fogones, demasiado grandiosa para una pareja que casi nunca comía en casa. Nos sobraban metros y nos faltaban hijos para llenar tantas habitaciones.

Por último, le conté a mi hermana la visita del comisario y sus conclusiones finales sobre el caso. A esas horas, la Interpol andaba buscando a Popeye; un guapo albanés con un trébol de la suerte tatuado en el brazo derecho. Caso resuelto. El Cucharilla había osado birlar el reloj de oro a un capo de la mafia internacional y había pagado por ello. Elisa quedaba a los ojos de todo el mundo como una valiente defensora de su amigo de la infancia.

A esas alturas, nosotros ya sabíamos que había mucho más tras la historia y estábamos dispuestos a tirar del hilo. Me levanté para servirle a mi hermana una copita de pedro ximénez. De un balcón vecino nos llegó la música de un bolero antiguo con la voz aflamencada del Cigala, que algún desaprensivo me estaba dedicando sin saberlo. Era el canto roto de un amor desgraciado. Como el mío.

—¿Qué voy a hacer ahora, Rosario? Soy un inútil con las manos, un pésimo docente, un negado para los negocios, ¿de qué voy a vivir?

—Tendrás que reinventarte, querido.

—¿Y eso cómo se hace? ¿Te levantas una mañana y borras de tu mente que tuviste una mujer traficante de drogas o vendedora de órganos infantiles? ¿Te preparas el café con el convencimiento de que tu madre fue una política ejemplar? Sí, ya sé, me autoafirmo como un magnífico escritor, aunque mis lectores sean ficticios y se los haya inventado mi mujer, la traficante de órganos. ¿Cómo pone en tu manual de psicología que se reinventa uno?

—Pues hay dos opciones muy claras. Una: te regodeas en tu papel de víctima y acabas siendo un insufrible cagapenas; o dos: tiras para adelante con lo que tienes y con lo poco que sabes hacer. Que en tu caso es, única y exclusivamente, escribir.

—Y mientras tanto me muero de hambre.

—Mira a tu alrededor, llorica. Estás rodeado de lujos. ¿Para qué quieres este ático de Barbie y Ken? Es espantosamente pretencioso. ¡Véndelo ya!

—Te recuerdo que no es mío. Aún no hemos abierto el testamento de Elisa y, visto lo visto, puede ocurrir cualquier cosa.

—¿Y tu cuenta corriente?

—Está bien saneada; he sido el receptor del dinero blanqueado por Elisa a través de mis libros. Seguro que los doscientos mil euros de mamá están también por ahí —dije señalando el interior del piso—. Podré vivir unos cuantos años del cuento.

—Pues ya tienes una situación por encima del noventa y nueve por ciento de los mortales. Unos años de alivio para reordenar y reconducir tu vida. Además, tenemos los tapices de la abuela Palmira, que te recuerdo heredamos los dos.

Me levanté de nuevo para regar las macetas y limpiarles las hojas agostadas por el calor.

Sonó el teléfono de mi hermana.

—Es Margarita Lozano. Dice que el jueves iremos al centro de inmigrantes. Hemos quedado con ella sobre las diez.

Poco antes de dormir, revisé el teléfono móvil y no había ninguna contestación de Manolín. Muy propio lo de castigarme con el látigo de su indiferencia. Aproveché para enviarle un mensaje a mi compinche Seisdedos: «Clínica Gineceo de Madrid. A ver qué puedes encontrar». Al segundo me respondió con el emoticono de un puño con el pulgar levantado.

IX

Margarita Lozano nos recogió en Cibeles con su coche destartalado. Venía inusualmente arreglada y con un ligero maquillaje sobre los ojos. Volví a recordar su inmersión en el pantano y las brazadas de campeona olímpica. Le pregunté por Pablito, que aún no me había facilitado la información, temeroso de que se hubiera marchado a Alemania y se olvidara del pedido.

—Todo el santo día colgado del ordenador. No sé qué vamos a hacer con esta generación —me informó su madre.

Mi hermana estaba muy ilusionada con la visita. La encontré más guapa de lo habitual y con un brillo de felicidad en los ojos. Nuestra amiga le había dejado bien claro que el centro de acogida se movía gracias al voluntariado y a la solidaridad del vecindario, pero Rosario no renunciaba a aprovechar la ocasión para darle un giro a su vida laboral. Aún no sabíamos el revolcón que nos daría esta visita.

Margarita nos informó sobre las oleadas de inmigrantes que llegan a Lavapiés, un barrio que se ha convertido en una especie de sucursal de la ONU, donde se mezclan más de un centenar de nacionalidades distintas.

—Ahora tenemos una importante comunidad de Bangladesh que permanece en un limbo jurídico al que no encontramos salida —nos informó.

No obstante, el mayor problema al que se enfrenta este bullicioso y multicultural barrio madrileño es a la llegada, cada vez más numerosa, de menores migrantes no acompañados, que se ha disparado desde el conflicto en Siria, según nos reveló la forense.

—¿Cómo llegan estos niños? —preguntó mi hermana.

—Unos vienen atravesando Europa, después de estar atrapados en redes y mafias. Otros cruzan el Estrecho en pateras, a menudo como falsos hijos de los migrantes adultos. En fin, llegan como pueden. Suelen ser varones muy jóvenes, con trágicas historias a sus espaldas —nos resumió Margarita.

Yo siempre he tenido tendencia a huir de este tipo de conversaciones. Cierro los ojos a la maldad del mundo y pretendo no saber demasiado sobre la desgraciada situación de ciertos países. Evito leer las noticias referentes a pateras hundidas, naufragios, barcos retenidos, cuerpos en la arena... Es un mundo ajeno, lejano y doloroso, al que nunca miraba de frente. Tenía entonces a gala no pertenecer a asociación alguna ni comités de solidaridad, y mucho menos a oenegés. En menudo charco me encontraba yo en aquel momento como para complicarme la vida con los problemas de los demás. Intenté desconectar de la conversación.

—Nunca nos dicen su verdadera edad ni procedencia porque temen la repatriación. Vienen aleccionados para mentir. La mayoría se quita años para alargar el paraguas de protección que les ofrecemos. Que tampoco es mucho, hasta los 18 años —refirió Margarita.

—¿Cómo les calculas la edad? —preguntó mi hermana.

—Mediante pruebas radiológicas y odontológicas. Vemos cómo tienen de abiertos los cartílagos en las manos y la maduración dental. Las muelas del juicio son determinantes.

—¿Les hacéis también diagnósticos psicológicos? —insistió mi hermana.

—Hacemos lo que podemos. La mayoría no conoce el idioma y la comunicación es muy difícil. Para eso está doña Paquita, para enseñarles el español. Pero te puedo confirmar que la mayoría de los muchachos arrastran graves traumas y han sobrevivido a situaciones dificilísimas.

La madre del Cucharilla nos estaba esperando en la puerta con una pose tranquila. Llevaba un delantal bordado de grandes bolsillos. Ese día preparaba un estofado de ternera con patatas a lo pobre. Doña María había vuelto al trabajo después de enterrar a su único hijo y se desquitaba de la pena con unos guisos cuya fama había traspasado las fronteras del barrio.

Mi hermana se marchó con nuestra amiga forense para acompañarla en sus tareas dentales y radiológicas. Yo traspasé con doña María los largos pasillos del centro, donde hombres, mujeres y niños —de todos los colores y procedencias— esperaban ser atendidos. Allí estaba el mundo pobre con un representante de cada país, mostrando la paciencia de quien ha llegado a destino. Sobre la pared, alguien había rotulado unos versos que sacudieron mi ánimo:

«Tu hogar no es donde naciste,
el hogar es donde todos
tus intentos de escapar
cesan».

Doña Paquita estaba en su clase. Los adultos salían con unas libretas desgastadas repitiendo sencillas frases en español como *buenos días, ¿cómo se llama?, ¿cuánto cuesta?* Solo quedaba un niño al fondo de la clase, un niño delgado que me miró con sus enormes ojos verdes claros y engurruñó la nariz para dedicarme una leve sonrisa. Había visto esos ojos con anterioridad. Sí, recordé, en la famosa portada de *National Geographic*: la niña afgana de mirada felina envuelta en su túnica de color azafrán. El chiquillo no dejó de escudriñarme; me seguía con esa visión aguamarina que inundaba el aula de doña Paquita.

La maestra era tal y como esperaba: mandona, enérgica y contundente. Tenía un tic en la cabeza un tanto cómico y vestía de una manera espartana, con una falda monjil y sandalias de pescador. Era idéntica a las fotos que recordaba de la Pasionaria. Nos invitó a sentarnos frente a su mesa como si quisiera repasarnos la lección. Me sentí un tanto intimidado. Ella no dio rodeo alguno ni me dio el pésame. Entró de pleno en la conversación.

—Así que usted es el gran desconocido marido de Elisa. Le hacía de otra manera y más mayor —sentenció mirándome de arriba abajo.

Comenzó a hablarnos de los primeros años de Elisa en la escuela. La describió como una niña inteligente pero retraída, antipática con los demás compañeros y seca con los maestros. En la clase le hacían el vacío y se reían continuamente de ella. Unas veces por su ropa, otras por su peinado y, la mayoría de las veces, por su misteriosa orfandad. Su abuelo la acompañaba y recogía del colegio con una dedicación enfermiza, sobreprotegiéndola, miedoso de que le ocurriera algo a la nieta. No sospechaba que el calvario de la niña estaba dentro de la clase.

—Elisa se aburría mucho en aquellos primeros años de colegio, porque sus capacidades estaban muy por encima del resto de la clase —dijo doña Paquita sacudiendo la cabeza—. Entonces cometimos un error garrafal: la adelantamos de curso. Y allí se encontró con su álter ego: Manuel Zarzalejo Betún, alias Manolín.

—Manolín tenía un cerebro de niña en un cuerpo de niño —sentenció la Pasionaria.

Desde los primeros cursos de preescolar, Manolín ya mostraba exagerados ademanes femeninos y una excesiva verborrea. El acoso escolar fue sutil durante los primeros años infantiles, pero a medida que el niño avanzaba de curso, las burlas y humillaciones se fueron incrementando. A diferencia de Elisa, el mariquita de la clase había aprendido a defenderse con la palabra, porque atesoraba un vocabulario de ofensas muy superior al de sus compañeros. Cuando Elisa y Manolín se encontraron en el mismo pupitre, cargaban años escolares de escarnio y desprecio. Entonces, juntos hicieron volar por los aires aquella falsa tranquilidad.

—Fue una relación explosiva, como mezclar el fuego con la gasolina —nos relató doña Paquita—. Pasaron de ser las víctimas a los verdugos.

Al igual que doña María con las nebulosas historias del edificio, la Pasionaria nos fue relatando intrigantes aventuras escolares: niños encerrados en los baños, anónimos con amenazas, accidentes fortuitos, rotura de carteras, robos de exámenes, revelaciones de secretos familiares y un sinfín de acontecimientos que mantuvieron a la escuela sin respiración hasta que Bonnie and Clyde se marcharon al instituto.

—Y jamás les pillamos, porque los dos juntos eran invencibles. Nunca dejaron un solo indicio que les inculpara. Elisa y Manolín formaban un equipo granítico: ellos contra el mundo —resumió doña Paquita.

En ese momento la cocinera fue requerida para ligar la salsa del estofado y me quedé a solas con la Pasionaria. Me contó la anécdota de una excursión escolar a Aranjuez en un tren regional con destino a Andalucía. El chulito de la clase fue encerrado en el minúsculo retrete del tren y nadie se percató de su falta cuando el grupo se bajó en la estación de Aranjuez. El chiquillo fue encontrado por la policía en Cádiz, la última parada, consumido por las lágrimas y cubierto de mocos de tanto llorar. Las investigaciones pusieron de manifiesto que la cerradura había sido manipulada desde fuera, con un chicle tapando el paletón. Aquello le costó a la maestra un expediente disciplinario con amonestación administrativa. La única mancha en su larga carrera como docente. Por muchas pesquisas que se hicieron, no se pudo encontrar a los culpables, aunque sus nombres estaban en boca de todos.

—Y después se marcharon juntos al instituto y les perdí la pista, hasta que Elisa vino muchos años después por aquí, tras mi jubilación —me informó la maestra.

Elisa se había presentado un año después de la inauguración del centro a sabiendas de que la Pasionaria daba allí clases de español a los migrantes. Llevaba un elegante traje de Chanel con tacones de aguja, según recordó doña Paquita. Dijo venir en son de paz, dispuesta a resarcir las fechorías de la infancia.

—Se ofreció a comprar los ordenadores para el centro. Entonces andábamos a dos velas, sin apenas presupuesto, así que acepté.

Parece ser que Elisa visitó en más ocasiones a la maestra. Siempre impecable y con algún regalo. Una tarde le habló de mí, orgullosa de mi obra literaria. Le contó cómo nos conocimos y las peculiaridades de nuestra relación.

—Quería mostrarme la felicidad de vuestro matrimonio, pero yo sabía que Manolín estaba en la sombra, acechando a cualquier intruso, como siempre. Jamás en mi vida he percibido una relación tan fuerte como la que mantenían esos dos. Seguramente usted fue otra víctima entre sus manos —sentenció la Pasionaria sin un ápice de compasión.

Aquel golpe en la mandíbula me dio la seguridad suficiente para preguntarle sobre las tiendas de ropa infantil.

—Detrás hay un negocio ilegal que les da mucho dinero. De eso no tengo la menor duda. Eso sí, no cualquier cosa, porque Manolín es la criatura más pulcra y exquisita que conozco. No le veo con traficantes de droga ni negociando con algo que le ensucie las manos. De niño ya era un tiquismiquis de mucho cuidado.

Elisa era diferente, me contó. Más terrenal y muy fiel a los pocos amigos que tenía. El Cucharilla fue un claro ejemplo de ello, pensé en voz alta.

—No es que su mujer fuera la Madre Teresa de Calcuta, pero había cierta bondad en sus gestos. Tenía muy claro de dónde venía y a quién dedicar sus dones de generosidad —aclaró doña Paquita.

Fui un paso más lejos y le conté las dudas que tenía sobre la versión oficial de su asesinato.

—No le dé usted más vueltas, don Luis. La gente que vive en la cuerda floja, como Elisa, acaba por caer al vacío. Lo he visto tantas veces en mi carrera de maestra... Son personas con la desgracia grabada en la frente.

—¿Y Manolín? —le pregunté.

—Otro desdichado que acabará cualquier día como su amiga. Imagino que debe andar desorientado, completamente huérfano sin ella, encubriendo su abandono con esas poses de frivolidad a las que nos tiene acostumbrados.

—Pues se ha marchado a la playa con su madre —le revelé.

—Muy típico en él. De pequeño ya huía de su propia sombra. Por cierto, pensé que su madre había muerto hace años —comentó con gesto dubitativo.

La vieja maestra hizo aquí un inciso para sacudir la cabeza con su inquietante tic. Bajó la voz para hacerme una confidencia:

—Su madre, doña Mercedes, también estuvo aquí. Fue un año antes de morir y me hizo el mismo interrogatorio sobre Elisa.

—¿Mi madre? ¿Y usted qué le dijo? —pregunté sorprendido.

—Puse a Elisa por las nubes, porque intuí que así su madre rabiaría. Me fastidian los políticos, para qué le voy a engañar. Le dije que nunca tuve una alumna tan inteligente y formal como Elisa. En lo primero no mentí —comentó la vieja maestra guiñándome un ojo—. Por cierto, su madre me prometió unos futbolines para el centro que nunca llegaron.

Me puse rojo de vergüenza e intenté esquivar la conversación de los futbolines. Así que la diputada también había hecho sus pesquisas, deduje. Ya no tenía la menor duda de que mi madre y Elisa se espiaban mutuamente.

Aquel niño de ojos verdes sentado al fondo de la clase seguía mirándonos; parecía enfrascado en sus deberes, pero bien atento a nuestra conversación.

—¡Suli! —le gritó doña Paquita—. ¿Es que no vas a terminar la redacción? Te despistas con el vuelo de una mosca.

Doña Paquita se levantó para darle una colleja, pero en ese mismo instante entró Margarita Lozano con mi hermana. Venían contentas y con una complicidad nueva. Suli se levantó de un bote, asustado, porque temía que la forense viniera de nuevo a por él. De manera instintiva aquel muchacho se agarró a la falda de mi hermana y ambos se miraron a los ojos. Fuimos testigos de la chispa que saltó entre ellos; un relámpago de amor mutuo e incondicional.

La conversación giró hacia Suli, la abreviatura de Suleimán, como supimos más adelante. Le había encontrado la policía en el Retiro, solo y abandonado. Inmediatamente fue llevado al centro de menores de donde salía diariamente para asistir a las clases de doña Paquita. Había llegado apenas tres semanas atrás, en pleno verano, con los colegios cerrados por vacaciones.

—¿Qué día le encontraron? —pregunté por curiosidad.

—Era domingo, uno de esos terribles días de calor del mes de julio. Lo sé porque la policía nos informó de que se había bañado en la fuente del parque y aún estaba chorreando cuando le pillaron —contestó la maestra.

Até cabos y deduje que fue el mismo domingo que asesinaron a Elisa y al Cucharilla.

No se sabía con seguridad el origen de Suli, y él no estaba dispuesto a confesarlo. Según los rasgos, la forense apuntaba a algún país de Oriente Medio, seguramente Siria o Irak. Chapurreaba algo de italiano, por lo que sospecharon que había pasado algún tiempo de tránsito en aquel país. Por su peso y su tamaño aparentaba tener unos diez u once años, aunque nuestra forense señaló que debía tener algunos más, quizás trece o catorce. Estaba muy delgado y tenía un pelo negro enmarañado como un estropajo sobre la cabeza. Su sonrisa era enorme, con unos dientes comidos por la caries y una de las paletas partidas. Tenía una dentadura con manchas irregulares de color pardo anaranjado.

—Todos los niños que provienen de zonas desérticas traen los dientes de ese color, por un exceso de flúor en las aguas —apuntó Margarita Lozano.

Según doña Paquita, Suli era un granujilla de mucho cuidado, un tunante que se las sabía todas. Había sobrevivido gracias a su astucia y a una simpatía natural que desprendía por los cuatros costados.

—Vete a saber por lo que ha pasado el chaval. Lo único que le hemos conseguido sacar es que su familia murió. A través de los gestos y cuatro palabras chapurreadas en italiano nos habló de un tiroteo y de cómo sus padres y hermanos murieron bajo una ráfaga de balas. No traía documentos de ningún tipo y aún no hemos averiguado cómo y desde dónde llegó a Madrid —nos informó la maestra.

Suli sabía perfectamente que estábamos hablando de él y puso cara de compungido. Apretaba fuertemente la mano de Rosario. La había elegido, intuyendo que aquella mujer podía ser su salvación.

—Casi todos los menores están en familias de acogida para pasar el verano, pero Suli llegó después del reparto y aún los servicios sociales no han podido colocarle —comentó Margarita.

—Se quedará conmigo, qué remedio. Pero ya me dirán ustedes el verano que le espera al chiquillo con esta pobre vieja —manifestó doña Paquita con gestos de resignación.

Lo vi venir, lo vi venir de lejos, y le lancé a mi hermana una mirada de alarma, un grito gestual de «ni se te ocurra». Pero fue en vano, porque Rosarito ya había mordido el anzuelo.

—¿Qué hay que hacer para ser una familia de acogida? Yo estoy sola, pero le podría llevar conmigo al pueblo de mi padre, donde hay un río con pozas y un ambiente muy sano para que el niño se recupere —expresó mi hermana.

La forense y la maestra se lanzaron un gesto de aprobación y le indicaron a mi hermana el procedimiento legal para realizar el acogimiento temporal. Trámites que ellas se ocuparían de agilizar enseguida. El niño lo entendió todo y se aferró más fuerte a Rosario para decirle:

—Um, um —que por mis conocimientos de árabe clásico sabía que significaba «madre».

Mi hermana no paró de hablar en el viaje de vuelta. Tenía que acondicionar una habitación para Suli, comprar esto, lo otro, y llamar a nuestro padre para darle la noticia. No se le podía olvidar reservar hora en el dentista. ¿Os habéis fijado en la dentadura que tiene el pobre? Estaba loca de felicidad, organizando unas vacaciones para un niño que no conocía de nada, que no hablaba nuestra lengua y que seguramente llevaba a las espaldas una retahíla de infortunios y abandono. Margarita, contagiada también por la dicha de mi hermana, animaba la fiesta con una serie de consejos sobre cómo organizar la convivencia con el pequeño refugiado.

—Tenéis que alimentarle muy bien —dijo hablando en plural—. Mucha fruta y verduras frescas. Este niño tiene una falta tremenda de vitaminas.

Yo guardaba silencio, intentando ocultar mi indignación. Se les había olvidado que la víctima era yo, que había perdido a mi mujer con un tiro en la frente tres semanas atrás; y esas dos locas estaban urdiendo un plan para complicarme más la vida. La vieja maestra nos había colado un gol por la escuadra con la complicidad de nuestra amiga forense. Y nosotros habíamos caído en la trampa como un par de corderitos.

Desaté toda la furia contenida contra mi hermana una vez que nos quedamos a solas. Le recordé sus dos matrimonios frustrados, la vida tan desorganizada que llevaba. Intenté que recapacitara sobre la enorme responsabilidad de hacerse cargo de un niño. Ella, que no era capaz de cuidar ni de sí misma.

Pensé las palabras que saldrían de la boca de nuestra madre, y se las dije. Insistí en su debilidad, en la fragilidad de su vida, en cómo cambiaba de opinión de un día para otro, en lo mal que comía, que cocinaba… Creo que no dejé ni un solo reproche en el tintero.

—¿Y si tiene problemas mentales y es un asesino en serie? ¿Vas a meter a un extraño en tu casa? —le grité para meterle aún más miedo.

—Ese niño ya está aquí —dijo Rosario muy calmada, tocándose a la altura del corazón—. Y ni tú ni nadie van a impedir que le quiera.

Se dio media vuelta y se marchó meneando las caderas. Mi flacucha e indefensa hermana se había vuelto loca de remate, y ya no había nada que hacer.

Al llegar a casa encendí el ordenador. Allí estaba en el buzón del correo electrónico el mensaje de Pablito Seisdedos:

—Lo he encontrado. Te adjunto la información y el historial médico de Elisa Bermejo. Pincha aquí.

Hice clic.

X

El pueblo de mi padre sigue oliendo a mierda de caballo, aunque ya no pasea ni un solo jamelgo por sus cuestas. Pero hay cosas que, no se sabe la razón, se adhieren y quedan para toda la vida. Las calles están ahora ocupadas por los coches y nadie se asoma a las ventanas cuando aparece un forastero. Antes abrían la media puerta superior y te acechaban con la mirada. La televisión y las pantallas se llevaron un tipo de vida que ya forma parte de la literatura.

Mi padre nació en este pueblo de granito que se extiende sobre la suave ladera del valle. En sus buenos tiempos, la comarca fue lugar de caza real de lobos y osos. Al extinguirse tan noble fauna, las gentes se fueron arremolinando alrededor de los sequeros de castañas. Al otro lado de la garganta, duermen los pizarrales improductivos y miles de hectáreas de monte bravío dedicados a cotos de caza menor para solaz de los señoritos. Mi abuelo Sandalio fue un labrador con un golpe de suerte. Le tocó un buen pellizco de la lotería de Navidad y pasó de ser un humilde aparcero, al servicio de caciques y capataces, a propietario de tierras. Pudo haberse gastado el dinero en la taberna, o marcharse a Madrid para vivir en un pisito de la periferia, pero el abuelo supo adelantarse al futuro. Compró unas tierras de ladera que abancaló en cuatro terrazas, recondujo las frías aguas de Gredos hacia sus arriates, y sembró una sarta de cerezos que se cuentan por centenares. Gracias al negocio de las picotas, el abuelo Sandalio pudo dar estudios a su hijo (mi padre) y mantener una cierta posición en el pueblo que no le vino regalada de cuna. Afortunadamente, su nombre de pila no pasó de padres a hijos; ya tuvimos bastante con el apellido Candoroso que nos marcó una infancia plagada de pitorreos.

Las jornadas veraniegas del Maestro son intensas y con una cadencia repetitiva. Todas las mañanas mi padre se aventura a largas rutas en bicicleta con la pandilla de la infancia; un grupo de jubiletas de espíritu joven y aventurero, pero con más achaques que la consulta de un asilo. Los que no padecen de tensión alta, sufren de la próstata o tienen el colesterol por las nubes. Mi progenitor renquea un poco de las tres cosas.

—Los achaques se manifiestan antes del desayuno. Para la cena ya los tengo controlados —nos dice.

Elisa le había regalado dos años atrás el último modelo de bicicleta de montaña, con cambios electrónicos y doble suspensión. A él le costó mucho aceptarla, acostumbrado como estaba a reciclar viejas bicicletas de hierro forjado y sin piñones. Vestidos como los profesionales del Tour de Francia, los jubilados atraviesan las alomadas dehesas cacereñas, enfilando el río Tiétar por la ribera izquierda hasta llegar a su desembocadura en el Tajo. Y media vuelta. En ocasiones excepcionales, se aventuran a dos jornadas de pedaleo hasta llegar a Portugal, donde se dan un homenaje de bacalao dorado con pastelillos de nata. Los abuelos reponen en un plisplás las calorías quemadas, y se traen de paso alguna más.

La siesta siempre fue sagrada para mi padre. En el pueblo es además obligatoria. Allí, la siesta requiere echarse una manta por encima porque la casa es fresca y umbría. Tras el sueño, el Maestro dedica parte de la tarde a repasar las matemáticas a un par de chavales. A falta de nietos propios, nuestro padre siempre encuentra algún alumno que domesticar.

—Si pierdo el contacto con los jóvenes, me voy directo al cementerio —suele decir.

Cuando cae la noche, llega el frescor del río y el viento bate los fresnos que arropan su lecho. Entonces el Maestro se refugia en el casino para sus cotidianas partidas de tute, brisca y cinquillo, con los mismos amiguetes de la mañana. Se juegan quién tirará del pelotón al día siguiente.

Entre las mayores aficiones de nuestro padre, además de la bicicleta, está la de recomponer y arreglar cosas. Siempre anda por la casa haciendo chapuzas y no da ningún objeto por perdido. De pequeños, presenciábamos las grandes discusiones que mantenía con nuestra madre, que era más de usar y tirar, de deshacerse de los trastos viejos y llenar la casa de novedades. El Maestro no; él hace acopio de todo tipo de artilugios y transfiere las piezas de unos a otros. Le gusta recalzar sillas, atornillar puertas, recomponer cables, unir tuberías e ingeniar soluciones para dar una segunda (o tercera) vida a los objetos cotidianos. En la casa del pueblo había acondicionado la vieja cuadra de mulas para montar un pequeño taller de reparación donde se pasa las horas trajinando con las bicicletas de los compañeros y los cachivaches que le traen los vecinos para arreglar.

Suli parecía otro niño desde que estaba con mi hermana. Llevaban tan solo una semana juntos y Rosario ya le había transformado en una especie de modelo de la sección infantil de El Corte Inglés. Se subió al coche vestido como un príncipe, con un polo blanco impecable y unas bermudas de capitán de barco. Calzaba también unas zapatillas de deporte relucientes, con el logo de la media luna alargada en el empeine. Le habían dado un buen pelado, dejándole el cogote al aire, y parecía aún más pequeño si cabe. Recordé los 13 o 14 años que había apuntado Margarita Lozano y me pareció imposible.

—¡Se ha echado un bote entero de colonia! —me quejé a mi hermana.

—¿Quieres dejar al niño en paz, que pareces más pequeño que él? Además, el coche es mío y huele a lo que me dé la gana. A ver si te sacas de una vez el carnet de conducir y te emancipas —me gritó.

Rosario venía dispuesta a no pasarme ni una. Era bien cierto que yo no tenía carnet y que siempre me acoplo como un señorito en el asiento del copiloto. Primero en el coche de mi madre, después en el de mi mujer y ahora en el de mi hermana. El Porche de Elisa dormía un profundo sueño en el garaje de nuestro edificio y aún no había decidido qué hacer con él. Estaba a la espera de las noticias de Manolín, que seguía sin dar señales de vida.

Suli se sentó atrás, con su eterna sonrisa y esos ojos oceánicos. Iba señalando elementos del camino, repitiendo sus nombres en árabe. Hacía todo lo posible por esquivarme, conocedor de mi rechazo a esa locura de plan de adoptarle durante el verano.

—¿Cómo va con el español? —le pregunté a Rosario.

—Poco a poco. Lo entiende casi todo. Doña Paquita nos ha dejado deberes para estos días.

Ya hablaba en plural, como esas madres cansinas y sacrificadas, dispuestas a inmolarse por los estudios de los niños, aprendiéndose ellas la lección para demostrar al mundo entero su diploma de buena madre. Rosario había cambiado, se la notaba más segura en este nuevo papel.

—¿Has avisado a papá de nuestra llegada? —insistí.

—Desde que tengo a Suli he hablado todos los días con él. Está como loco, deseando conocerle.

Lo que me faltaba, pensé. Me tocará sufrir todo el mes a una madre perfecta y a un abuelo comprometido.

Rosario cambió repentinamente de tema.

—¿Llevas las cenizas de Elisa? —me preguntó mi hermana.

La urna estaba en el maletero, bien encajada en una de las esquinas. En la funeraria me habían dado a elegir el modelo, y me había decantado por una especie de ánfora romana. Uno de los objetivos de este viaje era darle santa sepultura a Elisa bajo la misma higuera donde yacían sus abuelos. Le había escrito unos versos de despedida, cargados de rencor. Tenía en esos momentos mi geografía en ruinas y tampoco estaba uno para poemas de amor.

De nuevo, mi hermana giró la conversación.

—He llevado los archivos del caso Futbolín a mi caja de seguridad y le he dado una copia en sobre cerrado a mi amiga Merche, la notaria, con ciertas indicaciones. Ya he pensado lo que vamos a hacer —me informó Rosarito.

—Pánico me das —respondí.

—Cuando pasen las vacaciones, y antes de la campaña electoral, voy a llamar al presidente del partido y le voy a poner contra las cuerdas. La información a cambio de un homenaje por todo lo alto, tanto a mamá como al abuelo. Y con el rey en primera fila.

—Definitivamente, esto de la maternidad te ha vuelto chiflada de remate.

—Lo tengo todo pensado y decidido. A papá ni una palabra de esto, ¿me oyes? —ordenó.

Teníamos tantos frentes abiertos: los chanchullos de nuestra madre, los de Elisa, el asesinato sin resolver, la maternidad resuelta, la desaparición de Manolín, mi libro sobre Santorini, una carrera literaria por los aires... Observé por el retrovisor cómo dormía aquel niño abandonado y me reconforté. Hasta en sueños arrastraba el muy puñetero aquella sonrisa; una sonrisa de vuelo libre sobre las riberas del Eúfrates.

Mi padre nos estaba esperando en la plaza de la iglesia junto a la prima Rosita, que había ganado desde tiempos inmemoriales el distintivo familiar de ser la más cotilla del pueblo. Rosita es prima segunda de mi padre y tiene la facultad de aparecer de repente donde menos te la esperas. Posee el don de dominar todos los rincones del término municipal y no se le escapa ni un solo detalle de la vida de sus semejantes. Es un par de años más joven que mi padre y aún presume de mantenerse como una jovenzuela. Está rolliza por el buen comer, pero con las carnes bien prietas, porque su actividad es un «novivir»; un trajín continuo desde que se pone los zapatos. Es de esas mujeres que se levantan a las seis de la mañana para dejar la casa como los chorros del oro, cocinar para un regimiento (a pesar de vivir sola), y aún tener tiempo para organizarle la vida a los demás. Es además una soltera sin vocación.

—Porque no tuvo la suerte de encontrar a un hombre que la aguantara —solía decir mi madre de ella.

Rosita tiene una perrita faldera, la Flori, que la sigue a todas partes y a la que habla como si fuera una persona mayor. Es una perra achaparrada, como su dueña, de pelo largo y patitas cortas. Tiene un paso rápido y divertido. No creo que haya un animal en el mundo que esté mejor alimentado que la Flori, porque la prima le guisa buenas carnes de corte y le pasa por la sartén los restos de las matanzas. Una perrita en pleno siglo XXI que jamás ha probado el pienso.

La rama familiar de la prima Rosita regentó la talabartería del pueblo, un negocio floreciente en el pasado, por la gran demanda de aparejos de cuero que utilizaban los ganaderos. Las principales cañadas de la Mesta atravesaban entonces la comarca y los pastores se abastecían de albardas, colleras, barrigueras y correajes para las caballerías. Todo este mundo también ha desaparecido, así como el rico vocabulario de una actividad que fue el motor de la región. Ella vive de las rentas familiares, ya que heredó unas buenas tierras de viñedo que mantiene arrendadas a unos parientes. Aunque se podría permitir mayores lujos, lleva una vida sencilla y con pocos sobresaltos. Conserva la vieja vivienda familiar, una recia casa de granito con balconada de madera, desde donde otea cualquier movimiento de los vecinos.

—Tiene una atalaya privilegiada en la parte más alta del pueblo para controlar al adversario —afirmaba mi madre.

La prima Rosita agarró a Suli de los hombros y se lo comió literalmente a besos. A cotilla no le gana nadie, pero a cariñosa tampoco.

—Muy guapino el muchacho. ¿Habéis comido algo? —nos preguntó apresurada.

Tanto mi hermana como yo sabíamos lo que vendría después. Una mesa bien servida con todo tipo de dulces de la comarca elaborados por ella misma. Había que probarlos todos, uno tras otro, bajo la atenta mirada de la prima Rosita, que esperaba algo más que palabras de halago. Afortunadamente, el niño acaparó toda su atención y nos salvó del escrutinio. Suli se tragó dos perrunillas sin respirar.

—¿Es que no le dais de comer al zagal? —preguntó la prima.

—Tiene un hambre crónica. Zampa como una aspiradora —respondió mi hermana.

La casa del pueblo había cambiado. Estaba excesivamente limpia y se veían detalles que antes no estaban, como tapetes de ganchillo, macetas con flores y una estampita del patrón del pueblo en el recibidor, que mi padre jamás hubiera colocado por voluntad propia. Percibí un excesivo toque femenino y empecé a sospechar que Rosita se había adueñado de la casa.

El abuelo acompañó a Suli a su cuarto llevándole la maleta. Para nuestra sorpresa, le había comprado sábanas nuevas con dibujos de los Minions y un par de cuentos de Simbad el Marino.

—Estuve el martes en Plasencia —se excusó.

Le ayudó a deshacer el equipaje y a colocar su ropa nueva en el armario. Rosario le había comprado ropa interior de marca, un par de bañadores de florecillas y hasta unos zapatos de agua para cuando fuéramos al río. Suleimán era el dueño de un ajuar digno de un sultán, y he de reconocer que sentí una punzada de celos.

Nuestro primer paseo por el pueblo duró una eternidad porque nos fuimos parando con cada persona, a la que mi padre explicaba quiénes éramos y a dónde íbamos. Todos comentaban mi enorme parecido con Suli, y la idéntica nariz rectilínea que marcaba nuestras facciones. Yo ya me había percatado de tal casualidad. Lo último que me faltaba en ese momento era un presunto sobrino oriundo de Oriente Medio. El niño caminaba ajeno a nuestro lado, observando con curiosidad todos los detalles. Se quedó parado en la plaza al ver un grupo de niños jugando al fútbol. Suli seguía el ritmo del juego con los pies e hizo ademán de adelantar el cuerpo para salir corriendo tras la pelota. La prima Rosita lo arregló en un plisplás; llamó a un par de sobrinos y les dio la orden pertinente. Desde aquel momento, el morito Suli fue requerido a diario por los chavales del pueblo para ejercer de portero.

Tras el paseo, les invité a cenar en la terraza del Pilón, uno de los dos bares del pueblo donde se comen unas carrilleras al jerez para chuparse los dedos. Indudablemente, la prima Rosita sabe cocinarlas mejor, como nos dejó bien claro durante la cena. Al terminar, mi padre se marchó al casino para la partida con los compañeros. El morito Suli quiso acompañarle, pese a las reticencias de Rosario, que alegaba no ser el ambiente adecuado para un menor de edad. Mi hermana estaba cada vez más insoportable, como si el viejuno casino del pueblo fuera un lugar de perdición y lujuria.

Finalmente, volvimos Rosario y yo a casa con la prima Rosita, escuchando los pasos de la perrita Flori detrás. La perra andaba suelta por el pueblo y entraba y salía como le parecía. Nos quedamos helados cuando la prima abrió la puerta con su propia llave. Se puso a recoger la cocina ante nuestro desconcierto y dio de comer a unos gatos callejeros que se habían colado en el patio posterior. ¿No se iba a su casa? Nos preguntamos. Pues no, la prima nos dio dos besos sonoros y subió las escaleras como Vivien Leigh en *Lo que el viento se llevó*, con la Flori pisándole los talones.

Nos quedamos en la cocina al acecho de la llegada de los dos tahúres, preparando el interrogatorio que teníamos pensado hacerle a mi padre. Eran casi las doce y media de la noche cuando vimos llegar a Suli, relamiendo un helado de chocolate, con el abuelo postizo a la zaga.

—El muy tunante nos ha ganado todas las partidas —dijo mi padre, mientras Simbad el Marino sacaba un puñado de monedas de su bolsillo que hizo tintinear—. ¡Este niño es un fenómeno!

El campeón de la brisca se fue a la cama más contento que unas castañuelas, con su botín de una noche en el casino. Rosario y yo aprovechamos el momento para abordar a nuestro padre. De una manera muy poco discreta le preguntamos sobre la omnipresencia de la prima Rosita.

—Me hubiera gustado contarlo antes, pero esperaba vuestra llegada para daros la noticia cara a cara. Es la primera vez en mi vida adulta que alguien me cuida, que se desvive por mí. A vosotros os puede parecer una tontería, pero cuando lleguéis a mi edad veréis lo dura que es la soledad, lo triste que es dormir en una cama vacía. Rosita no solo me da cariño, también me hace reír con sus cosas. Sí, ya sé que es una cotilla, pero a estas alturas de la vida, ella es un regalo que me ha caído del cielo —nos confesó.

—¿Pero estáis liados? —preguntó mi hermana a bocajarro.

—Pues sí, desde el verano pasado. Ambos nos hemos resistido durante un tiempo, pero fue en las fiestas de San Roque cuando nos fuimos a dormir juntos la primera vez, y hasta ahora.

En un alegato de sinceridad, nos contó que perdió a mamá mucho antes de su enfermedad. Nosotros ya lo sospechábamos. Nuestra madre se volvió arisca, orgullosa, y se le subieron a la cabeza los malditos cargos políticos.

—Vuestra madre cambió. Me echó de su vida y de su cama, y me di de bruces con el abandono. Creo que siempre se avergonzó de mí, del hijo de un labriego extremeño con dos hectáreas de cerezos y sueños de gloria en la cabeza.

—Nunca nos dijiste nada, papá —comentó Rosario con cierta pena

—Elisa sí lo sabía; ella me ayudó a superar aquella etapa, mientras vosotros andabais entretenidos con vuestros trabajos —nos relató el Maestro sin que sonara a reproche.

Nuestro padre aceptaba ahora a una compañera que apenas había salido del pueblo, una mujer hacendosa que sabía cómo alimentar a las gallinas, preparar perrunillas, cultivar un huerto y secar los higos al sol en el garbillo. Una mujer que iba apagando las luces de la casa tras tu paso y a la que seguía fielmente una perrilla paticorta, un animal que alimentaba con croquetas caseras, estofado de ternera y buñuelos de bacalao. Una mujer que seguramente nunca terminó la escuela, pero que sabía querer, querer de verdad, sin ángulos agudos ni laberintos torcidos. Me costó mucho imaginar a mi padre con la prima Rosita en la cama, en esos momentos de intimidad en los que ambos se miran a los ojos. Seguro que dormían agarraditos de la mano.

—Voy a vender el chalet de Madrid y quiero arreglar esta casa para vivir permanentemente en el pueblo; con Rosita, claro. Su casa tiene muchas escaleras y se mete el frío de poniente por la balconada. He pedido presupuesto para una cocina nueva, cambiar las puertas y las ventanas, instalar calefacción y colocar una solería de madera. El resto lo haré yo. La prima ya está cosiendo las cortinas de las nuevas ventanas.

—Pero papá, ¿ya no vas a venir a Madrid? ¿Te vas a encerrar aquí el resto de tu vida? —le preguntó mi hermana con un gesto de sorpresa.

—Madrid no es un lugar para viejos. A mi edad, la soledad de la ciudad duele, te aísla y te acobarda. Ya no hay vida de barrio, los vecinos ni se conocen y solo llaman a la policía cuando el olor a cadáver del piso de al lado se hace insoportable.

—¿Y tu vida cultural? Con lo que te gustan los saraos —insistió Rosario.

—Iremos a veros a menudo, eso sí, y no me pienso perder ni una exposición. Pero visitaré Madrid como un turista: largos paseos por el Prado, vermut en el Barrio de las Letras y bocadillo de calamares en la plaza Mayor. La trágica muerte de Elisa ha terminado por convencerme. Quiero acabar mi vida aquí, y dejarme engatusar por los guisos de la prima Rosita —concluyó guiñándonos un ojo.

—Te va a cebar como a un gorrino. Mira a la Flori —le contesté.

Sentí un poco de orfandad. Echaría mucho de menos al Maestro, sus sensatos consejos, sus visitas relámpago para llevarse los libros de mi estantería, sus cánticos en la ducha con el repertorio de la Jurado. Y era verdad lo que decía: él siempre había cuidado de los demás, sobre todo de nosotros, y había llegado la hora de cambiar las tornas.

—Así tendréis una buena casa en el pueblo para venir cuando queráis. Más ahora con el niño. Madrid tampoco es una ciudad para él.

Salté como un muelle y les recordé que aquel niño era provisional, que nada sabíamos de su origen y su pasado, y que después del verano tendría que volver al centro de menores.

Ninguno de los dos me escuchó. Más bien comenzó una conversación en torno a Simbad el Marino, un diálogo de ida y vuelta repleto de alabanzas.

—Este niño está muy bien educado. De donde proceda, deben rendir un enorme respeto por los ancianos. Cuando le he comprado el helado, casi me besa las manos —contó mi padre.

—Va a ser tan feliz aquí durante estas semanas… Necesita descansar. Por las noches tiene pesadillas y se despierta muy a menudo. Algo le inquieta —nos contó mi hermana.

—El otro día, en un documental de La 2, contaban cómo las mafias venden a los niños en las fronteras. Hay un auténtico comercio ilegal de seres humanos. No podemos imaginar por los infiernos que habrá pasado el muchacho —reiteró mi padre.

No estaba dispuesto a seguir escuchando más desgracias, teniendo la mía propia tan reciente. Elisa había pasado a un segundo plano y sus cenizas continuaban calientes en el maletero del coche. Me despedí dispuesto a leer un rato en la cama, a sabiendas de que me costaría pillar el sueño y que todavía andaría un par de horas dándole vueltas a la cabeza.

Cuando bajé a desayunar a la mañana siguiente, Rosita había hecho todo un despliegue culinario. No quedaba un solo hueco en la mesa que no estuviera ocupado por frutas, dulces, churros, mermeladas caseras y servilletas de hilo con los filos de ganchillo. Andaba trajinando con la cafetera cuando escuchó mis pasos por la escalera.

—Tu padre se ha ido temprano con la bicicleta. Volverá en un rato —me informó.

—Ya nos ha contado mi padre lo vuestro, Rosita, y estoy muy contento —le dije en un alarde de sinceridad.

Ella se puso de mil colores y se disculpó.

—No vayas a pensar que quiero quitarle el puesto a tu madre, que Dios la tenga en su gloria —respondió santiguándose tres veces—. Tu padre es un buen hombre y merece también un poco de felicidad.

—Pues claro que sí, Rosita. Y nadie mejor que tú para dársela —le respondí.

—A mí me gustaría casarme, Luisito. Ya sé que ahora no es el momento, después de lo de tu mujer. Pero aquí en el pueblo andan con las habladurías. No quiero marcharme al otro barrio con más pecados de los necesarios, que tu padre y yo estamos en la primera fila. Si tú le hablaras...

—Déjalo de mi cuenta, Rosita. Le convenceré —le prometí a sabiendas que mi padre aceptaría.

En este papel de alcahueta andaba yo cuando llegó Suli con una cesta de higos y la perrilla detrás. Era la primera vez que veía a la Flori perseguir a otra persona que no fuera su dueña.

—¡Ay, mi niño, todos los que ha cogido! —gritó Rosita comiéndose al muchacho de nuevo a besos—. Esta criatura es de campo, si ya lo sabía yo.

Suli se había levantado al amanecer. Escuchó los pasos del abuelo y saltó de la cama. Le había ayudado a poner la bicicleta a punto, a tensar los frenos e inflar las ruedas. Después se unió a las tareas domésticas de Rosita, encendiendo la antigua cocina de hierro con la leña de encina. Aquel viejo armatoste desaparecería muy pronto, en su lugar colocarían una moderna cocina de inducción con botones digitales. Seguro que las tostadas no sabrán igual, pensé con cierta melancolía.

—Anda, Suli, ponle a tu tío el café —le ordenó la prima Rosita.

Reconocí que el niño tenía buena disposición, además de un hambre feroz. Se sentó a mi lado para desayunar. Comía rápido, concentrado, pero de una manera educada, sin hacer ruido con la boca y utilizando correctamente los cubiertos. Cuando llegó mi hermana, el morito se levantó para ofrecerle el sitio, limpiando su rodal de migas y separándole la silla para que se sentara. El muy granuja hacía todo lo posible por agradar.

—Hoy nos vamos al río, a nadar —anunció mi hermana moviendo los brazos para que Suli comprendiera.

Cruzamos el robledal por un sendero de mulas hasta llegar a la poza. Era difícil caminar sin resbalar entre los bloques de granito pulidos por la fuerza del río. Mi padre se descalzó y nosotros le imitamos, saltando de roca en roca hasta llegar al remanso de agua. La prima Rosita se había quedado en la casa preparando el almuerzo, pero la Flori nos seguía pegada a los tobillos de Suli, con esos pasitos tan cómicos. Extendimos las toallas sobre el granito e hice todo lo posible por quedarme a solas con mi padre. Aproveché para contarle la versión de la policía sobre la muerte de Elisa, sin mostrarle un atisbo de duda, y dejé a mi mujer a la altura de las grandes heroínas: había entregado su vida para proteger a su amigo de la infancia. Le resumí también nuestra entrevista con doña María, la madre del Cucharilla, evitando las anécdotas de los accidentes en el ascensor y la electrocución del coronel.

—Elisa era una gran mujer y te quería de verdad. Me lo dijo en numerosas ocasiones. Y además estaba muy orgullosa de ti —resumió mi padre.

—¿Te habló alguna vez de sus ganas de ser madre? —le interrogué.

—Sí, cuando volvió de Santorini. Estaba muy apesadumbrada. Creo que empezaba a sentirse mayor y estaba arrepentida de algunas decisiones.

Hice un esfuerzo sobrehumano para callarme el resto de la información, en especial la de su embarazo, y seguir los consejos de mi hermana: había que dejar a nuestro padre al margen de los descubrimientos. Se merecía un poco de tranquilidad.

Aproveché la ocasión para contarle los planes de boda de la prima Rosita.

—Esa mujer no tiene remedio. Como se empeñe, voy a tener que vestir otra vez de pingüino. Tú dale largas, a ver si se le pasa la idea.

—Como a la prima Rosita se le meta algo entre ceja y ceja, va a misa; y nunca mejor dicho —concluí.

Rosario se había tirado de cabeza a la poza y nadaba en círculos como un tiburón. Llamaba a gritos a Suli, que se había agazapado bajo la sombra de una encina con la perrita a sus pies. Nos dimos cuenta de que no sabía nadar.

Mi padre se metió en el agua donde hacía pie, con sus carnes enjutas y un ridículo bañador pasado de moda. Se atusó la barba blanca y alargó los brazos hacia el niño, que se abandonó al abuelo. Con la misma paciencia que tuvo con nosotros cuando éramos pequeños, colocó su mano bajo la barriga de Suli y le animó a mover los pies y las manos. El chiquillo fue perdiendo el miedo y, al cabo de unos minutos, flotaba sin apenas la ayuda del Maestro. Entonces ocurrió algo inesperado: la Flori se tiró al agua y agarró al niño con los dientes por la goma del bañador para arrastrarlo hacia la orilla.

Aunque entre los dos se tragaron medio río, Suli insistió en continuar su clase de natación. Tuvimos que atar a la Flori para que no volviera a repetir la hazaña. La manera que tenía Simbad de disfrutar del agua era reverencial, religiosa, como si estuviera consumando una alianza con la naturaleza. Antes de levantar el campamento, el niño ya sabía bracear y mantenerse a flote. Había conseguido domeñar a las dulces aguas del Jerte.

Volvimos de nuevo al coche para dar buena cuenta del guiso que nos habría preparado la prima. Estábamos hambrientos. Yo dejé el maletero abierto para cambiarnos de ropa mientras mi hermana se ponía al volante. En un acelerón, la urna con las cenizas de Elisa salió despedida ladera abajo. No reaccioné. Los cuatro presenciamos atónitos los botes de la falsa ánfora romana por la pendiente. El impacto contra un bolo de roca fue brutal, y las cenizas salieron disparadas hacia uno de los arroyuelos del río. Esa fue su ceremonia de despedida, sin más. Ni versos ni panegíricos. Adiós, querida, murmuré. Me consoló saber que sus restos acabarían en Lisboa, alimentando a las sardinas del Atlántico.

Aquellas cuatro semanas en el pueblo nos devolvieron la salud, que se vio reflejada en una cara de pan colectiva que no cabía en el espejo. La gastronomía de la prima Rosita había hecho su agosto con nosotros. Suli aprendió finalmente a nadar con soltura y se convirtió en el mejor portero de fútbol a este lado del Jerte. Confirmamos su verdadera edad gracias a mi padre, que se empeñó en darle algunas clases de matemáticas después de la siesta. El nivel del morito Suli estaba a la altura de un alumno de segundo de la ESO, así que la forense acertó de pleno. Sin embargo, fue imposible que nos revelara su origen. Por más que el abuelo le pusiera el mapa mundi delante, Suleimán jamás señaló su país.

Rosario también acabó por relajarse, porque ya estábamos hasta las narices de su maternidad perfecta: *no te manches, ten cuidado, no vayas por ahí, es peligroso, te puedes mojar...*

—¿Quieres dejar al niño en paz? —le gritó una tarde la prima Rosita.

Descubrimos que mi hermana se veía por las noches con un saxofonista medio *hippy* que vivía a las afueras del pueblo. El músico actuaba con su grupo de *jazz* los sábados por las noches en el casino. Se llamaban Los Transhumantes y eran bastante buenos, con ese talento tan español que llena los veraneos de los pueblos con música y baile hasta el amanecer.

El pretendiente, que tenía un nombre de pila que nos causaba risa (Julio Feo), nos liberó de la pesadilla maternal de Rosarito.

—Lo mejor que le puede pasar a esta muchacha es echarse un novio, y si es extremeño mejor —dictaminó la prima Rosita.

Yo volví a retomar la escritura durante aquellas vacaciones. Aparqué por un tiempo la literatura de viajes para enfrascarme en esta especie de memoria biográfica. Volví a comprobar que la escritura es la mejor terapia. Cuando ves sobre un papel tus propias miserias, te parecen menores, e incluso razonables. Escribir sobre Elisa me permitió además percibir nuestra relación de otra manera: desde el interior, pero a distancia. No es lo mismo vivir las cosas que contarlas.

Septiembre estaba llamando a la puerta y debíamos regresar a Madrid. Los colegas del fútbol vinieron a despedir a Suli con esas formas que tienen los adolescentes para demostrar el cariño, a base de collejas, choques de pecho y apelativos como *compadre, colega* y *brother*. Le vi contento, porque sabía que volvería muchos fines de semana y porque el abuelo le había metido en el bolsillo un billete de cincuenta euros.

El viaje de vuelta fue una larga cabezada con olor a magdalenas y perrunillas. La prima nos había abastecido para una larga temporada. Mi hermana conducía taciturna pensando en su saxofonista. Poco antes de entrar en Madrid, tomó la repentina decisión de pasar por su consulta antes de acercarme a casa.

—Tengo que recoger unos papeles y hacer un par de llamadas —nos dijo.

Suli y yo nos quedamos solos en el salón de los tapices de la abuela Palmira. Estaba ojeando unas revistas cuando escuché los gemidos. Inicialmente eran sutiles, casi imperceptibles, pero después Suleimán rompió a llorar con un llanto desgarrador, ronco y profundo. El niño estaba arrodillado frente a los tapices, inclinado, con un dolor inimaginable para su edad. Su aflicción tenía tintes astronómicos, como si se estuvieran cayendo del cielo todas las estrellas. Levanté su frágil cuerpo y me abracé a aquella criatura. Fue un abrazo que duró una civilización. Me juré, me juré envuelto en lágrimas, que daría mi vida entera por aquel niño abandonado; ofrecería todo lo que soy por devolverle la felicidad. Entre la cortina de lágrimas revisé los tapices con la mirada. Fue entonces cuando vi los leones alados y comprendí que Suleimán, el Magnífico, había regresado a su patria.

XI

Mi hermana Rosario fue siempre muy lanzada. Aunque es cuatro años más joven que yo, aprendió a montar en bicicleta mucho antes y me daba sopas con honda en todos los deportes que practicábamos. No había nada que se le pusiera por delante. Recuerdo que andaba siempre boca abajo, haciendo el pino, dando volteretas laterales y retorciendo el cuerpo como una culebrilla. También heredó de nuestra madre las dotes para el baile. Ciertamente, Rosarito tenía gracia para todo y una vis cómica que encandilaba a quien la conociera. En las fiestecillas familiares, era ella quien salía al escenario, improvisando teatros, danzas y ejercicios de gimnasia. Yo le seguía el ritmo como buenamente podía, insulso y más tieso que el palo de una escoba. De pequeños, el que andaba pegado a sus talones era un servidor, cuando debía ser lo contrario.

En el colegio, mi hermana era un auténtico desastre: olvidaba los libros en casa, llegaba tarde a las clases y se entretenía con el vuelo de una mosca. Durante los recreos, se metía en todas las peleas del patio; no porque defendiera las causas perdidas, sino porque le gustaba un jaleo más que a un tonto un lápiz. Yo era conocido en el colegio como el hermano de la Kung Fu, porque Rosarito repartía mamporros y patadas a diestro y siniestro. Más que una líder, ella era de ese tipo de criaturas que evocan simpatía; el hazmerreír del patio, la payasa del colegio. En los profesores despertaba compasión y cierto paternalismo.

A pesar de que yo le hacía los deberes cada tarde, mientras ella saltaba de un sitio para otro, las notas de mi hermana siempre estuvieron al filo del aprobado. Sus cuadernos encerraban una especie de código de la Segunda Guerra Mundial; la máquina Enigma de los alemanes. Aún conserva una letra desastrosa que no hay quien la entienda. Si Rosarito pasaba de curso cada año no solo era por mi ayuda, sino por la paciencia de nuestro padre, que le repasaba el temario con un aguante que ni el santo Job.

—Es que fui un TDH clásico, pero entonces nadie lo supo ver —explica Rosarito cuando le sacamos el tema de su etapa escolar.

Fue una niña que iba a su aire. Caminaba por la casa sin zapatos, a medio vestir y con una maraña de pelo suelto que no había manera de sujetar. «Cabecita loca no quiere toca», decía mi madre. Pasó la infancia de psicólogo en psicólogo, bien por la dislexia, bien por su incapacidad para adaptarse a las normas, o bien por su manía de decir las cosas tal como las pensaba. En una ocasión, le dijo a la mismísima reina Sofía que llevaba un vestido muy feo y que tenía una pupa grande en la cara. Lo que la reina tenía era una capa de maquillaje que parecían las colinas de la Toscana. En lo del vestido acertó de pleno, según sentenció mi madre, que nunca más volvió a llevar a Rosarito a uno de sus encuentros con la realeza. Aquellas «cosas» tan graciosas de mi hermana se convirtieron en un verdadero calvario cuando la niña creció.

Yo ya estaba en la universidad cuando ella inició su guerrilla particular contra mis padres. Comenzó a vestir de negro, a pintarse el pelo de colores y a juntarse con malas compañías (eso mismo decían los padres de los otros). El remate fue cuando se tatuó el cocodrilo en el tobillo, que casi le cuesta a mi madre un ataque al corazón. En varias ocasiones tuvo que acudir el Maestro a la comisaría a su rescate: pequeños hurtos, botellones a horas intempestivas y desacato a la autoridad. Una noche durmió en el cuartelillo después de haberle sacado el dedo a un policía. Yo tomé la decisión de adoptar la postura del avestruz, porque nunca tuve disposición para perder el tiempo en discusiones. Siempre fui un estudiante ejemplar y por aquel entonces ya soñaba con marcharme de casa a la primera ocasión. Les odiaba, estaba más que harto del protagonismo de mi hermana, de las continuas peleas en casa y, sobre todo, de la tremenda hipocresía de mis padres, que escondían todos los conflictos bajo la alfombra, mostrando fuera de nuestras cuatro paredes una imagen de total normalidad.

—Durante esa temporada, mamá me escondía de sus amigos; no fuera a dinamitar su carrera política —recuerda mi hermana.

Rosario cursó la carrera de Psicología en una universidad privada que mis padres pagaron sin discusión. Tardó dos o tres años más de lo normal, pero finalmente se graduó. En el último curso conoció en una fiesta a Fermín Navarro, un vendedor de coches de ocasión que tenía un concesionario en un pueblo de Toledo, allá por las planicies manchegas. Se casaron de la noche a la mañana, con gran sorpresa para la familia. Mi madre no puso entonces el grito en el cielo porque sabía que el matrimonio no duraría. Y así fue; no llegaron a celebrar ni el segundo aniversario.

Mi cuñado Fermín adoraba a Rosarito. Era un tipo generoso y buena persona, pero más simple que un botijo. Sus conversaciones se limitaban a comentarios sobre carburadores, neumáticos, chasis y llantas. Su afición favorita era participar en carreras ilegales de coches. Los domingos, arrastraba a mi hermana a polígonos industriales donde tenían lugar aquellas competiciones de locos. Rosarito le siguió la corriente hasta que se cansó de tanto deambular por Mercamadrid, y el pobre Fermín se quedó muy abatido tras la separación. Quiso llorar en mi hombro, y llegó a llamarme en varias ocasiones, pero fue entonces cuando me marché a Italia y nunca más le volví a ver el pelo.

—Dejó el concesionario y se marchó a trabajar con el equipo técnico de Carlos Sainz —me contó mi hermana al regresar de Florencia.

El segundo matrimonio de mi hermana fue mucho peor. Se enamoró perdidamente de un argentino que conoció en uno de los mítines de nuestra madre. El relamido Matías Salvatti, el cirujano plástico favorito de las señoras y señores de la clase política. Entre los dirigentes del pueblo hay mucha silicona y estiramiento facial. Lo sé de primera mano. Matías tenía además un sello muy particular a la hora de trabajar las narices y los pómulos: les dejaba la cara del muñeco diabólico.

—Cuñado: sos un triste. Si me dejás arreglarte esa nariz serás un pibe de lo más resultón —solía decirme.

El Salvatti era un hombre que alardeaba de tener una amplia cultura y mucho mundo recorrido. En realidad, no había salido de Bariloche salvo para estudiar Medicina en Buenos Aires y venir a Madrid a buscar fortuna. Se había aprendido cuatro frases filosóficas y otras tantas literarias que colocaba con destreza en la conversación. Daba igual el tema que sacaras, porque Matías siempre era un experto en la materia. Lo mismo sabía de las peculiaridades del arte gótico que de un acelerador de partículas. Hablaba sentando cátedra. «Lo sabe todo, absolutamente todo. Figúrense lo tonto que será», decía don Miguel de Unamuno de los personajes como mi cuñado. Elisa tampoco le soportaba, y hacía todo lo posible para evitar los encuentros familiares con aquel fanfarrón de tres al cuarto. Mi madre, por llevar la contraria, adoraba al

Pibe y le incorporó a la familia como el hijo pródigo. Quería reparar con el yerno la falta de aquel sabio catedrático que nunca pudo tener.

Lo cierto es que mi hermana vivió durante su segundo matrimonio un gran despegue en su carrera, porque todos los clientes del cirujano pasaban después a la psicóloga, y así fue como ella se hizo una famosa entendida en conflictos matrimoniales. El drama propio no lo supo ver —en casa del herrero, cuchillo de palo— porque el argentino se la pegaba con gran parte de la clientela femenina. El colofón fue aquella *vedette* de medio pelo que se convirtió en su amante oficial, a la que mi cuñado había dejado una boca de rape que se prolongaba hasta las orejas. Todos sabíamos de los cuernos de Rosario, menos ella.

—Nunca os perdonaré que me tuvierais engañada —nos reprochó.

Tras el segundo divorcio de mi hermana, Elisa se convirtió en su paño de lágrimas. Comenzaron a salir juntas de compras, a llamarse diariamente y a compartir las confidencias de aquella tormentosa separación. La amistad entre ellas pareció consolidarse más allá de una cordial relación entre cuñadas. Menos mal que mi madre ya no estaba en este mundo, porque no hubiera soportado tal hermandad. Ahora sé que todo fue una farsa. Elisa nunca tuvo más amigo que Manolín y mi hermana Rosarito fue otro de sus entretenimientos.

El Pibe no había dado señales de vida desde la separación. Tampoco apareció en el entierro de Elisa, lo cual nos extrañó, ya que le gustaba figurar en todo tipo de acontecimientos. Mi hermana dio por hecho que andaría de vacaciones con su Barbie particular, restregándole la crema solar en cualquier playa del Mediterráneo. Por eso me sorprendió su mensaje dos meses después de la muerte de Elisa.

—Ché, cuñado, ¿puedo llamarte?

Le respondí con el emoticono del pulgar levantado y cinco minutos después recibí su llamada.

No se entretuvo demasiado en darme el pésame y preguntar por la familia. Fue directamente al grano. Le había dado 30 000 Euros a Elisa para que los invirtiera, en mano y en metálico.

—¿Invertirlos en qué? —le pregunté.

—Pues en sus negocios, ¿en qué va a ser? —me respondió—. Me dijo que en menos de un año habría duplicado el dinero.

—¿Y tú le diste los billetes así sin más? ¿No firmasteis un documento?

—¿Qué documento ni qué puñetas? Me devolverás el dinero, ¿no? Luis, que estoy pasando por un apuro muy grande —me suplicó.

Por un apuro más grande estaba pasando yo, le conté. No tenía ni idea de los negocios de mi mujer y jamás me comentó nada de préstamos ni inversiones. Este asunto tendría que hablarlo con Manolín, su socio, le comenté usando un tono pausado.

—Además, Elisa y yo teníamos bienes separados y aún no hemos abierto su testamento —le confesé.

El Pibe se puso hecho un energúmeno y me acusó de quedarme con su dinero. Aprovechó también la llamada para recordar que éramos una familia de poco fiar y que esto no quedaría así.

—Ya me ha sacado la Flaca el suficiente dinero para que ahora tú me hagas esto —me dijo refiriéndose al divorcio con mi hermana.

—¿Sabes qué, Matías? Que la Flaca está disfrutando de tu dinero con un saxofonista que sabe tocarle la música al compás. Y bastante guapo, por cierto. Cuídate, Pibe —le respondí colgándole el teléfono.

Acto seguido recibí un emoticono con la cara de ira, y yo le contesté con un enorme corazón rojo palpitante en la pantalla.

Me acerqué a casa de Rosario para contarle las desventuras de su exmarido y la llamada. Para mi sorpresa, la historia le resultó absolutamente indiferente. Mi hermana era otra persona desde que había adoptado el papel de madre de Suleimán. Se trataba de pequeños detalles que mostraban a otra mujer, más fuerte y decidida. Para empezar, tenía un nuevo mensaje de voz en el buzón de su móvil: «Te llamaré cuando buenamente pueda». El anterior era una perorata de excusas donde te indicaba un sinfín de teléfonos y lugares donde podrías localizarla. Había observado también un cambio en su vestuario, más ligero y deportivo, y libre de toda esa bisutería que se colgaba como si fuera un árbol de Navidad. Su maquillaje había menguado, para dar paso a una cara limpia y reluciente, desapareciendo esos rabos en los ojos que le otorgaban un perfil de Nefertiti. Gracias a los irresistibles dulces de la prima Rosita, también había pillado unos cuantos kilos y lucía un saludable y bello lustre.

—Hemos vuelto del pueblo con forma de pestiño —me dijo abriendo mucho los brazos e inflando los carrillos.

Nunca pensé que las debilidades de mi hermana acabarían siendo su fortaleza. Al igual que un camello arrastra la joroba por el desierto, también ella cargaba con años de inseguridades y desequilibrios. Pero la biología sabe transformar la pesada jiba en agua y alimento; ventajas evolutivas que aseguran la supervivencia. Los trastornos de mi hermana le habían ayudado a acercarse a Suli, a comprenderle mejor, a mostrarse paciente frente a sus silencios y a quererle sin fisuras. Toda la vida buscando el cariño de los demás y por fin era ella quien lo repartía a raudales.

—Los sensatos no tenéis ni idea de qué va la vida —me reprochó Rosario cuando halagué su cambio—. Tenéis una capacidad de adaptación muy limitada.

Y tiene razón. Son los locos los que cambian el mundo. Los mesurados como yo, además de aburridos, no somos capaces de entender las singularidades de la gente y cualquier comportamiento anómalo nos parece ridículo y censurable.

—Quédate a cenar. He hecho una lasaña —me invitó Rosario.

Otra novedad, porque ella nunca cocinaba. Sorprendido, abrí la nevera y comprobé que se había traído el supermercado entero. Tenía hasta mermelada casera y fruta del tiempo.

—El niño come como un energúmeno —me dijo.

Y en esto apareció Suleimán recién salido de la ducha y me saludó con un simpático choque de puños, igual que a sus colegas.

—¿Qué pasa, tito? ¿Te quedas a cenar? —me dijo con un acento castizo del Madrid de los Austrias.

Le levanté en peso y le di un beso sonoro a la altura del ombligo, haciéndole pedorretas como a un niño pequeño.

XII

Cuando regresé a mi piso de Madrid —después de las vacaciones en el pueblo— sentí a plomo la soledad. Aquellas semanas me habían distanciado de la desgracia y de pronto me topé de nuevo con el abatimiento, rodeado como estaba con las pertenencias de Elisa. Es cierto que el luto llega más tarde; una vez que te quedas a solas. Vives en una permanente congoja atrapada en la garganta que se descarga a ratos con disparos de lágrimas. Suele durar un año, eso dicen. Acepté la muerte de mi madre, porque lo vi venir. Fui testigo de su deterioro progresivo, y al final agradecí que no se prolongara su agonía. Pero Elisa estaba rebosante, curvilínea, rosada, iluminada… Y embarazada. No mostraba ningún indicio de posible tragedia. Me planteé revisar de nuevo el piso a fondo, buscando una explicación a todo aquel desbarajuste en el que se había convertido mi vida.

La policía había entregado al portero el ordenador portátil de Elisa y me dispuse a rastrear como un loco. Había cientos de carpetas con la contabilidad de la tienda, peticiones de género, distribución y ventas. Descubrí con sorpresa un archivo con fotos que jamás había visto. Elisa de pequeña con sus abuelos, en el cuchitril de la portería, en las fiestas del colegio. Una niña pelirroja con el ceño permanentemente fruncido y cara de pocos amigos. Recordé las palabras de doña María «un tanto rara y particular». En casi todas las fotos aparecía el abuelo, un hombre alto y delgado, con porte de junco, que vestía a la manera humilde de los hombres del campo. Se podía percibir el orgullo del abuelo por la nieta y esa sobreprotección hacia ella que ya nos reveló la madre del Cucharilla. Encontré la secuencia fotográfica del viaje a Mallorca. Ella es aún una muchacha; lleva vaqueros gastados y camisetas de tirantes, nada que ver con la glamurosa mujer que conocí años más tarde en el tren. El Cucharilla ocupa toda la escena, lanzándose a bomba a la piscina del hotel para originar una ola gigante. Ya era entonces una criatura grande, descomunal. Descubro en un rincón a la abuela, agazapada en las fotos, insignificante. La típica portera de Madrid, me digo. Guarda uno de esos lutos pretéritos, seguramente por la única hija que tuvo. La hija que se llevó la droga. Se puede leer en su rostro la pena de una madre mutilada. Encuentro más fotos: Manolín y Elisa por el mundo, acodados sobre la barandilla de la Torre Eiffel, paseando en góndola por Venecia, posando en Trafalgar Square. Siempre agarrados del brazo, sonrientes, sin esa mueca dura de la infancia. Siento celos y odio. En un arrebato de rabia borro la carpeta a golpe de ratón.

—¡A tomar viento! —grité.

Rebusco de nuevo en su armario. Meto la mano en todos los bolsillos de los pantalones, de las chaquetas y los abrigos. Huelo sus braguitas de encaje y recuerdo las siestas en Santorini, ambos desatados por un primitivo deseo sexual. Subíamos la cuesta hacia la casita del faro tocándonos como dos adolescentes. La talla de su ropa interior es grande. Elisa tenía un buen culo, generoso, con amplias caderas para albergar a nuestros hijos. Mujer tipo pera, que dirían las revistas femeninas. Sin embargo, sus pechos eran pequeños, puntiagudos y divergentes. Me cabían en una mano. En la cama siempre mandó ella: dónde, cuándo y cómo. Yo era su esclavo sexual, siempre dispuesto a la llamada de mi dueña con el sable levantado. Muchas veces he pensado que fui su aparato de gimnasia, donde Elisa desfogaba sus ansias carnales con una serie de acrobacias circenses. En el fondo se lo estaba haciendo con Manolín, que le podía dar cualquier cosa menos sexo.

Me calcé uno de sus pares de zapatos y anduve taconeando por la tarima de madera, como haría un niño pequeño con los zapatos de su madre. A ella le gustaban los tacones altos, de aguja, para mirar siempre desde arriba. Solo me cabía la punta del pie, pero hice todo lo posible por destrozarlos, quebrar los tacones de un golpe seco. Vi por segunda vez la caja de sonajeros al fondo del zapatero y recordé un arcón similar en el almacén de la tienda. Parecían maracas construidas con pequeñas calabazas, adornadas con variopintos dibujos infantiles labrados a cuchillo. Agarré un martillo de la cocina y rompí el primer sonajero. Aplasté también las semillas del interior. Y así fui sacando y rompiendo uno tras otro. En la calabaza número veinticuatro encontré la respuesta: su interior escondía pequeños diamantes tallados con forma de lágrima. Entre los doscientos sonajeros que guardaba Elisa en el fondo del zapatero, cuatro de ellos contenían el tesoro.

—Un dos por ciento —sentencié.

Ahí estaba bien a la vista el negocio de los dos socios. Me vino a la cabeza la frase de la maestra: «Manolín es la criatura más pulcra y exquisita que conozco. No le veo con traficantes de droga ni negociando con algo que le ensucie las manos». Había acertado de pleno, el cotarro era limpio y elegante; los dos compañeros de colegio se movían en el mercado del lujo. Me vinieron las ráfagas de aquellas fiestas de alta alcurnia a las que acudí con ella en mi papel de marido feliz. Recordé los ágapes en las distintas embajadas de Europa, donde Elisa departía con unos y otros bajando la voz. Visualicé mis propias presentaciones de libros, con aquella gente fina y arreglada que ella me traía, crecido en mi propio ego, vanidoso al verme rodeado de tanta elegancia. Traficantes de diamantes, ladrones de guante blanco. Minerales de sangre que vienen del corazón de África para llenar las cuentas de mercaderes. Contrabandistas de lágrimas de carbono con el llanto de los niños que envían a la guerra. Toda esta perorata solté a grito pelado rodeado de un despliegue de calabazas rotas.

Conté los diamantes: sesenta piedrecitas transparentes perfectamente talladas. Quince por sonajero, calculé. Los metí en una primorosa cajita de nácar que guardaba Elisa en su neceser. Busqué el ukelele que solía tocar mi padre durante aquellas tardes de Rocío Jurado y escondí la caja en su interior. Con parsimonia limpié el desaguisado de las calabazas, coloqué cada prenda en su sitio y me senté tranquilamente para enviarle a Manolín un mensaje. Realmente fue un vídeo de los Beatles con la famosa canción de *Lucy in the Sky with Diamonds*. Lo entendería.

—La chica de los ojos caleidoscópicos —que dice la canción.

Minutos más tarde sonó el timbre del telefonillo. Era Rosarito con Suli. Me había comprometido a enseñarle al niño las bases de la gramática española antes de que empezara el curso. Mi hermana estaba encantada con el giro radical de mi conducta. Desde aquel acuoso abrazo en el salón de los tapices, estaba volcado con el morito Suli y le había prometido a Rosarito que removería cielo y tierra para hacernos con su custodia.

Es curioso lo rápido que nos endosaron al niño para el veraneo y las miles de pegas que nos estaban poniendo para su acogida permanente. El principal escollo se centraba en su familia de origen; había que garantizar el desamparo del niño. Suli seguía bloqueado, pero al menos el legado de la abuela

Palmira nos había facilitado un hilo por donde tirar. Suleimán venía de aquellas lejanas tierras de la antigua Mesopotamia, pero no traía ni un solo documento que atestiguara su edad, origen ni apellidos. Nuestro Simbad el Marino era un ciudadano de la *terra incognita*, sin derechos ni nacionalidad.

Entre los requisitos como familia de acogida estaba en primer lugar tener una *situación afectiva equilibrada*, lo cual nos hizo reír bastante. El equilibrado de la familia solía ser yo, y acababa de constatar que había estado siete años casado con una traficante de diamantes, además de ser el legítimo hijo de la instigadora de un caso mayor de corruptela política. En aquellos momentos la más cuerda era Rosario, algo impensable unos meses atrás.

—¿Qué te pasa hoy, Luis? Parece que has visto al demonio —comentó mi hermana nada más entrar.

No me atreví a contarle lo de los diamantes con Suli delante, que nos escaneaba con su clara mirada de sacerdote persa.

—Acuérdate de que luego vais a cenar a casa de Margarita Lozano. Os he comprado esta tarta para el postre. Y no me traigas al niño muy tarde, que te conozco —vociferó mi hermana, que tenía que marcharse a una reunión de negocios.

Aquella misma mañana, le había comprado a Suli unas cartillas de lectura para alumnos de primaria, con dibujos de animales y objetos cotidianos. Al otro lado de la mesa, Suli entendía rápido y ya era capaz de leer y comprender un sencillo texto en español. Con aquellas clases descubrí con sorpresa que podía ejercer el magisterio con la misma paciencia que mi padre.

Despachamos rápido la clase y nos preparamos para ir a casa de Margarita Lozano. La forense había hecho indagaciones sobre el pasado de Suli y estaba dispuesta a ayudarnos con la acogida. Volvería también a ver a Seisdedos júnior, que me había pasado el historial médico completo de Elisa y el nombre del dueño del esperma. No le había dicho a nadie ni una palabra al respecto, ni siquiera a mi hermana, que seguramente habría montado en cólera al conocer el nombre del donante. Seisdedos se la había jugado por mí, hurgando en los archivos electrónicos de la clínica Gineceo. Antes de llegar a su casa, paramos en la tienda del Bernabéu y compré dos camisetas del Real Madrid que me costaron un riñón.

A Margarita Lozano le había sentado el veraneo de maravilla. Tenía un moreno serrano y una silueta curvilínea de nadadora olímpica. La venus plateada de la sierra de Guadarrama. Su casa madrileña era una réplica de la del pueblo, con los cuadros de su exmarido decorando las paredes y ese estilo rústico tan sorprendente en un ático al envés de la Castellana. «Más de pueblo que las bellotas», dije para mis adentros. Me sorprendió su biblioteca, con todos los clásicos colocados por orden alfabético. Recordé que en el pueblo guardaba de igual manera mis libros y entendí que yo era para ella una lectura de verano.

Pablito Seisdedos había crecido un palmo desde la última vez que le vimos y tenía la cara como un granero. Le sacaba una cabeza al pobre Suli, que entró muy avergonzado a la casa de la señora que, en su día, le había inspeccionado la dentadura y vete a saber qué más. Seguramente, la forense también le habría hecho quitarse la ropa para descartar cualquier tipo de lesión. Les di a cada uno su camiseta del Real Madrid. Seisdedos me hizo un guiño de aprobación, pero Suli se la colocó encima de la ropa y ya no conseguimos que se la quitara hasta Navidad.

—No tenías que traer nada —insistió Margarita cuando dejé la tarta sobre la encimera de la cocina.

—La he cocinado esta mañana, pensando que te gustarían las frutas del bosque —mentí como un bellaco.

—Pues has acertado —respondió ella, dando un atractivo golpe de cadera que me dejó desconcertado.

Después de la cena, los niños se marcharon al cuarto-leonera de Pablito Seisdedos y me quedé a solas con su madre recogiendo la cocina.

Mientras yo lavaba a conciencia la olla de macarrones, ella se acercó con unos documentos en la mano.

—Tengo noticias de Suli. Sabemos que entró a Europa por Turquía, a mediados de febrero, acompañado por un hombre que decía ser su tío. En Bulgaria se subieron a un autobús con rumbo a Hannover, en Alemania. Allí les tomaron los datos y les ofrecieron refugio durante algo más de un mes. Seguramente dieron nombres falsos. Tu niño dice llamarse Suleimán Khalifa, de nacionalidad iraquí, esto último parece confirmado —aseveró Margarita mostrándome una fotocopia del registro alemán.

—¿Y cómo es que el niño sabe algo de italiano? —balbuceé.

—Eso es un misterio sin resolver, porque el chiquillo jamás ha pisado territorio italiano, que sepamos. Es más, en Hannover se les pierde la pista. Allí hay redes que les transportan a Francia en coches particulares. Si traían algo de dinero se lo dejaron a las mafias.

—Y ese supuesto tío, ¿dónde está?

—Seguramente fue tan solo un compañero de viaje. Los adultos saben que si entran con menores, las autoridades son más benevolentes y les ofrecen ayuda. Los falsos lazos familiares se rompen cuando llegan a destino y eso debió de ocurrir al llegar a Madrid. Aquel falso tío le abandonó a su suerte y el niño estuvo varios días vagabundeando por el Retiro.

—Hasta que le encontró la policía el mismo día que asesinaron a Elisa —sentencié.

—Así es. Casualidades de la vida.

—¿Quieres decir que Suli ha estado deambulando por Europa más de medio año? —indagué.

—Sí, como un nómada del desierto —matizó mi amiga de la infancia.

La cabeza se me llenó de imágenes de Suli abandonado a su suerte, callejeando por lugares sórdidos y peligrosos, buscando algo que llevarse a la boca en esos comedores sociales donde trasnochan los indigentes. Solo y desamparado por el mundo, al alcance de las mafias, expuesto a las amenazas de lo peor del alma humana.

Margarita Lozano se percató de mi congoja y me abrazó. Aproveché la ocasión, y me abandoné a ese cuerpo serrano en cuyo hombro dejé descansar la cabeza durante un buen rato. Le conté arrullado la escena del salón de los tapices.

—Mi abuela materna procedía de una antigua familia persa, de apellido Qayar. Tuvieron grandes posesiones al oeste de las Montañas de Zagros, en unas tierras fluviales que, según mi abuela Palmira, eran las más fértiles del Medio Oriente. A medida de su recuerdo, los tapices colgaron del salón de recepciones del Palacio de Golestán.

—¿Qué hay en los tapices?

—Leones alados, guerreros persas, halcones, caballos, y numerosas inscripciones en árabe —contesté.

—Sin duda conoce el significado de los tapices y entendió las inscripciones —apuntó la forense.

—Si vieras cómo lloró. Era un dolor de otro mundo.

—No, Luis. Es un dolor de este mundo, solo que nosotros no lo conocemos.

Entonces Margarita Lozano me besó en las manos, retirando mi cabeza, y se recompuso el vestido de florecillas plateadas. Por el canalillo del pecho le corría un finísimo reguero de agua que le había dejado con mis dedos mojados. Hubiera regalado toda mi obra literaria por descender yo también como una acequia por su cuerpo. Tuve que ir al baño a recomponerme.

Por el pasillo me detuve un momento en la puerta del cuarto de los muchachos. Pegué el oído. Estaban jugando con la Nintendo o con cualquier otro chisme electrónico. Risas, explosiones y disparos. Suleimán se lo estaba pasando bomba.

—Tío, mi madre es un latazo, una pesada, no la aguanto —le confesaba Seisdedos a Suli, hablándole despacio—. No le tengas miedo, no miedo.

Y le fue contando a Suli que estaba de su madre hasta la coronilla, que era doña Perfecta y que él había aprendido a darle la razón en todo como a los locos.

—Tú hazte el niño bueno y todo irá bien —le aconsejaba Pablo—. ¿Nos echamos un pitillo?

Me fui con una sonrisa en los labios al cuarto de baño, tras comprobar que Pablito Seisdedos era un figura y que, sin duda, sería una buena influencia para Suleimán Khalifa.

Nos despedimos tras una velada magnífica y sin haber nombrado ni una sola vez a Elisa. Yo tenía aún los diamantes atrapados en la garganta, junto a los macarrones con tomate de mi amiga Margarita Lozano.

Pedí un taxi con dirección a casa de Rosarito. Tras despedir a Suli, que se marchó a su cuarto con la camiseta del Real Madrid, le solté a mi hermana todo el asunto de los sonajeros africanos, casi sin respirar.

—¡La madre que la parió! —exclamó llevándose las manos a la cabeza.

Acordamos no decir una palabra a la policía hasta sonsacar más información a Manolín. Con tanto desvelo, se me olvidó comentarle la cena con los Seisdedos y revelarle la información sobre nuestro hijo compartido. Prometí volver al día siguiente para darle detalles.

En el asiento de atrás del taxi, saqué el móvil para leer los mensajes.

«Te espero el viernes a las 20:15 h en la tienda. Cuando cierre. Ven solo. Manolín».

Ensanché por curiosidad su foto de perfil. Allí estaba el socio de mi mujer posando con el bello comisario. Se les veía felices y sonrientes en el chiringuito de una playa, mirándose a los ojos con una jarra de cerveza entre las manos. ¡Ajá! Así que Cenicienta ha encontrado a su príncipe azul. Descarté rápidamente la infeliz idea de llamar a la policía por el asunto de los diamantes. Manolín estaba blindado.

Tenía por delante 48 horas para preparar el encuentro y maquinar la maniobra.

XIII

Elisa y Manolín eran hermanos siameses unidos por una complicidad insólita; se entendían con la mirada y bastaba un gesto de uno para que el otro comprendiera. Desde el inicio de mi relación con Elisa, adopté la estrategia de unirme al enemigo y evitar cualquier enfrentamiento con su socio.

De esta forma, ambos nos toleramos desde el primer momento; sabíamos que era la única opción para conservar el amor de Elisa. Manolín iba y venía a mi casa cuando le parecía, a cualquier hora, siempre sin avisar. Llegaba hablando a voces sobre el estado del tráfico, la aglomeración en los autobuses, la contaminación de Madrid… Y le plantaba dos besos sonoros a Elisa para que yo los escuchara. Entonces era mi momento de retirada. El exilio. Solía dar largos paseos por el Retiro, haciendo tiempo para regresar a una hora prudente en la que él ya se hubiera marchado. Si el tiempo era malo, me quedaba encerrado en el despacho escribiendo hasta que oía de nuevo los besos, esta vez de despedida. En esa relación a tres, él era el amado y yo el amante.

El vestuario de Manolín se adaptaba a sus cambios de humor. Si disfrutaba de uno de esos momentos de ego crecido, se ponía el traje de las ceremonias: un esmoquin dorado con pajarita azul y las botas blancas de charol. Otras veces venía vestido de enterrador, de negro solemne de los pies a la cabeza; entonces Elisa sabía que tocaba consolarle. Todo en él era siempre exagerado y le encantaba llamar la atención; hubiera sido el más grande actor de tragicomedias de la Grecia clásica.

Otra de sus debilidades era trajinar en nuestra cocina-laboratorio del ático solariego. Cocinaba para Elisa suculentos platos que ella apenas picoteaba, representando así un magnífico papel de madre protectora.

—Cariño, te estás quedando en los huesos —le decía.

Manolín le preparaba una serie de táperes que colocaba perfectamente ordenados en nuestro congelador, con primorosas etiquetas que hacían mención a la fecha de elaboración y contenido. Eran mi almuerzo diario, comida casera que yo devoraba con gusto porque, todo hay que decirlo, Manolín tenía buena mano para los fogones. En el fondo sabía que cocinaba para mí, pero tenía que demostrar al mundo entero cómo se desvivía por mi mujer.

El colmo de sus visitas eran los jueves de verbena con el karaoke y el repertorio de la Jurado. Mi padre se les unió con una fidelidad sorprendente. A Elisa le encantaba estar allí, entre ellos, mientras yo buscaba cualquier excusa para quitarme de en medio. Me daba cierta vergüenza ver a mi padre actuar con el micrófono, tan vulnerable, tan ridículo.

—Buenas tardes, don Luis. ¿Hoy toca cante? —me decía el portero cuando me veía salir.

Si bien Manolín tenía la costumbre de importunar sin escrúpulos en las vidas ajenas, la suya propia era un misterio. Apenas le conocí un par de novios, y fue por casualidad; encuentros fortuitos en la calle que te obligan a presentar al acompañante. Hablaba, sin embargo, mucho de su madre, doña Petra, una señora castiza que vivía junto a la plaza Mayor.

Ella era la mejor en todo: cocinaba como nadie, cantaba como los ángeles y era la mejor bordadora de Castilla, según la versión de su hijo. Personalmente no tuve el placer de conocer a esta brillante señora, e incluso llegué a dudar que existiera. A su padre no le nombró jamás, que yo recuerde.

La tarde de mi presentación en la embajada italiana del libro sobre Roma, Manolín fue —cómo no— el protagonista. Si como hombre era del montón, como mujer era una belleza. Se presentó vestido de Freddy Mercury, arrastrando un majestuoso vestido de cola de color champán. Mi libro pasó a un segundo plano y el autor del mismo, un servidor, quedó completamente eclipsado por la estela divina de aquella fiera del espectáculo. Si algo le gustaba con locura era montar estas *performances* que le hacían brillar como la única estrella del universo.

Tenía razón doña Paquita sobre el refinamiento de Manolín. Sus viajes por el mundo eran de lo más extravagantes, a los lugares más remotos de la Tierra. El verano pasado hizo la ruta del Transiberiano en un tren de lujo, durmiendo en un camarote forrado de seda verde, según nos contó. Seguramente, acompañado por algunos de sus amantes efímeros que ocasionalmente pasaban por la tienda.

—Los rusos son los hombres más guapos del mundo —fue su única conclusión del viaje.

El socio de mi mujer no era tan frívolo como quería aparentar. Poseía una amplia cultura avalada por una licenciatura en Filosofía con premio extraordinario. En numerosas ocasiones, se atrevió a corregir mis libros, dando su propia versión sobre la historia de los lugares. Ofrecía argumentos sólidos, contundentes, demostrando un profundo conocimiento de los temas. Solía hacer este tipo de enmiendas en público, dejándome en mal lugar. Un día osé rebatir sus razonamientos ante la audiencia y me fulminó con la mirada. Hay personas que no aceptan una broma, aunque su juego favorito sea reírse de los demás. Manolín era uno de ellos; poseía un sentido del humor que rozaba la tiranía.

La última vez que le vi fue en el entierro de Elisa, donde volvió a ser el rey de la tragedia. A ojos de todo el mundo, él era el afligido viudo y yo un advenedizo.

—El niño en el bautizo, el novio en la boda y el muerto en el entierro —solía decir mi madre de él.

No había contestado a ninguno de mis mensajes a lo largo del verano. Decía estar con su madre en el apartamento de Denia; un apartamento al que, por supuesto, nunca nos invitó. La tarde del encuentro, me vestí con sumo cuidado. Elegí un elegante traje de algodón azul, me calcé los zapatos rojos de don Lorenzino y me perfumé con una fragancia de flores de albahaca con toques de canela, según pude leer en el frasco. Esa misma mañana había ido al barbero de la esquina, que me dejó un afeitado perfecto y un corte de pelo a lo George Clooney. Por primera vez advertí algunas canas asomándome por las sienes.

Como un seductor Mañara, que diría Machado, me eché a la calle dispuesto a recorrer los trescientos metros de distancia hasta la tienda. Me iba recomponiendo el traje en cada escaparate. Me alegré de que no me acompañara mi hermana. Se había marchado al pueblo para que Suli pudiera lucir la camiseta del Real Madrid ante todos los colegas.

Solo ante el peligro.

La puerta de la tienda estaba abierta y observé una tenue luz en su despacho. La puesta en escena había sido estudiada hasta el mínimo detalle. En la penumbra, se levantó una bellísima mujer con un vestido de lentejuelas doradas y sandalias de tacón. Su maquillaje era impecable. Le identifiqué por los ojos inquisidores.

—Espero que vengas en son de paz, porque la última vez me dejaste la tienda hecha un cisco. ¿No sabes que tenemos cámaras por todos lados? —me increpó.

—Aquel día buscaba respuestas, pero ahora ya las tengo —le contesté con una voz grave.

—¡¡¡Bravo, Luisito!!! —dijo dando palmas—. Por fin te has caído de la higuera. Mira que te ha costado.

—Supongo que tú y mi mujer os habréis reído bastante a mis espaldas. ¿Habéis disfrutado? —le increpé.

—Mucho más de lo que te imaginas; al menos yo. Ciertamente, nunca pensé que pudieras llegar tan lejos, querido —replicó moviendo hacia atrás la peluca rubia.

—Dime la verdad: ¿esta farsa la planificasteis Elisa y tú desde el principio?

—Es cierto que la posición de tu madre atrajo inicialmente a Elisa, pero ella creía en ti, de verdad. No escribes mal, tienes estilo propio y decidimos ejercer de mecenas. Ahora bien, de ahí a creerte el nuevo Alejandro Dumas, querido…

—¿Por qué yo?

—Era tan fácil limpiar nuestro dinero contigo. La idea fue mía, debo confesarlo, y Elisa la ejecutó de maravilla a través de la editorial de su amigo el cocainómano. Jaime Astur entró al trapo a la primera, únicamente tuvimos que ponerle delante unos cuantos billetes de cien.

—¿No teníais bastante con el maldito negocio de los sonajeros? —le recriminé.

—Hay que diversificar, querido. Y no te creas, que no eres el único escritor en el que hemos invertido. Si te diera nombres, te caerías de espaldas —hizo el gesto de un desmayo.

—Quiero saber la verdadera causa de la muerte de Elisa. Fue por los diamantes, ¿no?

—Pero qué pesado eres, Luisito. Ya me han dicho que has estado indagando por ahí como si fueras el inspector Poirot. Que me caiga muerto aquí mismo si hay una versión diferente a la de la policía. Nuestro negocio es limpio, está consolidado desde hace años y no tenemos enemigos. Recogemos la mercancía a través de una ONG que opera en África y llevamos los diamantes a Italia. No hay más intermediarios, te lo juro. Elisa murió por defender a su amigo de la infancia, el gigantón más tonto de Madrid. Nuestra Elisa era así, puro corazón.

—No es la versión de la madre del Cucharilla —insistí.

—Esas locas… Me han dicho también que has interrogado a la maestra. Otra vieja chocha. Os ha colocado un morito ¿verdad? La muy bruja. Siempre fue una lianta de mucho cuidado. ¡La manía que nos tenía a Elisa y a mí!

—Según me ha contado, ya apuntabais maneras. Sembradores del terror.

—¿Qué sabrás tú? El pijo de Puerta del Hierro. No tienes ni idea de nuestra infancia —se enfureció—. Nosotros dos fuimos unos supervivientes. Por eso montamos este tinglado, para vengarnos de señoritos de mierda como tú, que habéis nacido con una estrella en el culo. Y no vengas aquí a darme lecciones de integridad, sé perfectamente a qué calaña perteneces. ¿Te suena la operación Futbolín de tu mamá? —dijo con retintín—. La ilustre diputada que montó un tinglado para meterse en el bolsillo dinero calentito, dinero de nuestros impuestos. Esa es tu clase, querido Luisito.

Llegué a asustarme de su violencia verbal, pero me atreví a plantarle cara.

—Al menos, mi madre no se manchó las manos de sangre —le dije.

—¿Tú eres idiota? ¿Vienes aquí vestido como el Principito a darme lecciones de moral? Eres un patético niño de mamá, que no sabes hacer la «o» con un canuto. Un inútil que escribe cursiladas sobre mundos desaparecidos. Tu madre tenía las manos manchadas de cosas peores —abrió un cajón del escritorio y sacó un *pendrive* —. Ya sé que tienes la copia de Elisa, pero aquí guardo la mía. Todo el historial delictivo de doña Mercedes de Castro. Así que o dejas de hacer el imbécil por ahí y te muerdes la lengua, o saco la artillería. Elisa no quiso hacerlo para protegerte, pero yo no tengo escrúpulos, y lo sabes.

—¿Mi madre sabía que teníais este material?

—La venganza se sirve en plato frío, Luisito. Semanas antes de que tu vieja muriera, Elisa le cantó las cuarenta. Y lo disfrutó, esa es la verdad. Fue de justicia, porque la santurrona de tu madre no le dio un solo respiro en todos estos años. Sois una casta de impresentables, de ineptos, siempre chupando del bote. Mira la loca de tu hermana, jugando a ser mamá a estas alturas. ¿Crees que os darían la custodia de ese moro de saberse todo esto? —dijo golpeando el *pendrive* en la mesa.

—Eres un impresentable, Manolín. Todo ese odio que llevas dentro te destruirá. Eres como un agujero negro —le dije.

—Claro, querido. Será que no tuve una infancia como la tuya. Mi padre no me llevaba a clases de inglés y piano, sino a sesiones de golpes para curarme de lo que soy. Tengo memoria de aquello en mi cuerpo. ¿Quieres ver las cicatrices? —dijo levantándose el vestido—. Tampoco te criaste en una oscura portería, con sueños nocturnos de una jeringuilla en el brazo para recordar a tu madre muerta. No, Luis Candoroso, tú no tienes ni idea de lo que es la vida, encerrado como estás en ese planeta inventado cuidando de tu rosa. Ni Elisa ni yo estamos para poesías, querido, nosotros guardamos la muesca de una mala infancia que, te aseguro, no se va con ningún jabón.

—¿Por qué se casó Elisa conmigo?

—Porque le gustabas, porque representabas lo que ella no tuvo, porque a través de ti podía vengarse del mundo... ¡Qué sé yo! Elisa era la Luna y el Sol, el día y la noche, la bondad y la maldad. Pura contradicción, capaz de amar y odiar al mismo tiempo.

—A ti te amaba —le dije.

—Elisa y yo creamos un mundo paralelo. Nunca lo comprenderías.

—Por eso te eligió como padre de su hijo —le sorprendí.

Manolín abrió el mueble-bar y sacó una botella de *whisky*. Me sirvió una copa y se puso otra para él. Se arremangó el vestido dorado para sentarse con las piernas cruzadas, haciendo un movimiento a lo Sharon Stone.

—Verás, querido. Eso es difícil de explicar. Cuando Elisa volvió de Santorini, de estar contigo, la encontré muy cambiada. Quería ser madre a toda costa. No me hablaba de otra cosa. Era una obsesión puramente biológica, hormonal. Le quedaba el último cartucho para tener un hijo y fue a por todas. Ella era así, como algo se le metiera en la cabeza llegaba hasta el final. Me lo pidió y yo me sentí halagado. Además, nunca le pude negar nada a Elisa, ya lo sabes —confesó, cruzando las piernas de nuevo.

—Aunque el que ejercería de padre de vuestro hijo sería yo, ¿verdad? ¿Lo había planeado así Elisa? —le interrogué.

—Seguramente. Pero ya qué más da, Luisito. ¿Qué sentido tiene darle vueltas a este asunto?

—Para mí lo tiene. Quiero reconocer hasta qué punto estaba abducido por esa mujer.

—Elisa era un alma libre. Libre y atormentada. Tú no puedes entenderlo.

—Sí, claro, yo no puedo entender nada porque soy un niño de buena familia, un pijo que ha tenido una vida regalada. Tan solo he sido engañado por una mujer que, pobrecita mía, tenía un trauma infantil. He estado casado con una traficante de diamantes que tenía un chiringuito montado con su socio que, además, era el padre de su hijo —resumí.

—Bueno, no seas tan exagerado. También has disfrutado de la fama; has preferido taparte los ojos para deleitar tus momentos de gloria, querido.

—No tienes ni idea de los años de formación y de lectura, del número de horas que paso delante del ordenador para escribir. El Principito, como tú me llamas, es más bien un ratón de biblioteca que se deja cada día las pestañas para hacer un buen trabajo, un trabajo intelectual que os ha servido de pitorreo. Sois unos canallas, unos miserables. ¿Y para qué? Ahora Elisa está muerta y tú, mírate, vestido de Marilyn Monroe, con esa capa de maquillaje que tapa las primeras arrugas de un viejo solitario. En un par de años serás el hazmerreír de toda la corte de admiradores; una solterona histérica bailando al soniquete de unas maracas de diamantes. ¡Eres patético!

Esta vez le hice daño de verdad. Manolín hizo una mueca de dolor y se miró las manos, donde la edad ya había aparecido en forma de manchas oscuras. Intuí que sacaría toda la artillería pesada.

—Mira, Candoroso. Comprendo que estés dolido, pero no vengas a darme la chapa filosófica. Te has paseado por el mundo a nuestra costa, jugando al erudito. Rayas la mediocridad, querido; tus libros son para pasar un buen rato en la hamaca de la playa. Como tú hay cien en la cola. Sin Elisa no eres nadie, y lo sabes. Métete conmigo todo lo que quieras. Eso no te dará el talento porque *quod natura non dat, Salmantica non præstat*. De ahí el empeño de tu madre para enchufarte en la universidad. Ahora serías un pomposo catedrático con un par de acólitos haciéndote la pelota, y no el fracasado en el que te has convertido. Estoy deseando ver cómo te ganas la vida tú solito —concluyó, mirándome fijamente a los ojos.

Me hundí, como un submarino al que disparan directamente en la línea de flotación. Hice amago de marcharme.

—No tengas tanta prisa, aún has de ver el testamento de Elisa —me dijo.

Manolín abrió la caja fuerte, tapando con su cuerpo la contraseña. Sacó un sobre que contenía las últimas voluntades de Elisa. Efectivamente, estaba fechado un mes después de casarnos.

—Siéntate tranquilo y lo lees. Tendrás que ir al notario a firmarlo. Yo ya lo he hecho —apuntó Manolín—. Somos sus únicos herederos.

El testamento de Elisa era la traca final a nuestra relación. Lo leí a fondo, demorándome más de la cuenta para ponerle nervioso. Manuel Zarzalejo Betún, alias el Divino, era el heredero de todas sus posesiones: el negocio, las tiendas, el ático de la calle Velázquez, el Porche descapotable y la cochera, así como el dinero de sus cuentas privadas y todos los objetos personales. A su afligido marido le dejaba el capital monetario que compartían ambos en las cuentas corrientes, unos bonos del Estado que compró dos años antes de conocernos y unos fondos de inversión en un reconocido banco donde la difunta tenía el distintivo de cliente VIP. Lo mejor de todo estaba al final: «Lego a mi esposo D. Luis Candoroso de Castro el terreno de 2000 m2, con cerca para los animales, que heredé en el pueblo de mis abuelos, sito en…».

Mi carcajada fue monumental. La «cerca para los animales» me pareció una genialidad. Aplaudí hasta hacerme daño en las manos frente al desconcierto de Manolín.

—Bueno, puedes quedarte en el piso hasta que encuentres algo —me dijo el muy ladino.

—¿Puedo pedirte una sola cosa? —le dije —. Me gustaría quedarme con la capa de terciopelo azul que lució Elisa en nuestra primera cita.

—Claro, hombre. Llévate lo que quieras. No sabía que eras tan fetichista —me respondió con retintín.

Me acercó la mano, a modo de trato, pero yo me permití un gesto caballeresco. Era mi última broma. Le besé la mano con una reverencia, y le dije:

—Has vencido, como no podía ser de otra manera. Te dejaré un mensaje cuando abandone el piso y espero que nuestros caminos no se vuelvan a cruzar. Así lo deseo de veras.

—Buena suerte, Luis. Y dale recuerdos a tu padre. Él es de los nuestros —dijo dándose un golpe de pecho—. Le echaré de menos.

—Rocío Jurado también está muerta —fue mi respuesta.

Y abandoné la tienda con paso firme, sin mirar atrás. Cuando pisé la calle, sentí que me había quitado un gran peso de encima. Tenía 42 años, bastante dinero en el banco, y estaba dispuesto a dar un giro a mi vida de ciento ochenta grados. Además, le había birlado —sin que se diera cuenta— el *pendrive* con toda la información comprometida sobre mi madre.

—¡Hasta nunca Manolín! —grité, dando un paso de claqué.

XIV

A la mañana siguiente, me desperté en ese piso desangelado que ya no era mío y me preparé a fondo para la excursión. Recuperé del altillo una vieja mochila de mis tiempos juveniles, que aún conservaba algunas pegatinas de los Celtas Cortos y Los Ronaldos. Metí una botella de agua, un paquete de jamón y un pan de semillas que compré en la panadería de la esquina.

Busqué entre los armarios de Elisa su capa de terciopelo. La encontré perfectamente doblada en el interior de una caja, envuelta en papel de seda. Gracias a la generosidad de su socio, esa capa imperial era el único objeto personal de Elisa que me pertenecía. Me imaginé a Manolín habitando el ático y probándose todas las prendas de Elisa frente al espejo. Me entraron escalofríos. Enrollé la capa como una toalla, la metí en una bolsa y la eché a la mochila. No estaba yo para delicadezas.

Las combinaciones de tren y autobús eran imposibles, así que decidí tirar la casa por la ventana. Llamé a un taxi e indiqué el itinerario. Tardó exactamente tres minutos en llegar. El negocio era suculento.

—En un par de horas le dejo a usted allí, pero habrá de abonarme el trayecto de regreso —me dijo el taxista con un acento extranjero que no supe reconocer.

—Hágase —le contesté.

Enfilamos hacia el poniente, tras la ruta que siguió el emperador Carlos V para encontrar la paz y los remedios para su gota. Nada más pasar Talavera de la Reina, el otoño empezó a mostrar sus primeras tonalidades ocres. Aún se trataba de una tímida paleta de colores. El río Tajo me pareció pequeño, aún con las menguadas aguas del estiaje. Al poco rato, abandonamos la autovía de Extremadura para buscar otras aguas, las del Tiétar, cuyo curso culebrea por las estribaciones de Gredos para adentrarse en la comarca de la Vera.

Afortunadamente, el taxista permaneció callado durante todo el viaje, ausente, y tuvo la gentileza de poner buena música. Era un hombre joven, con cierto sobrepeso, y una mirada de esas que le leen a uno el pensamiento. Tanto él como el coche olían a limpio. El taxi atravesó la penumbra de los bosques de robles, castaños y fresnos, para abrirse finalmente a la luz del piornal de montaña, un tapiz vegetal sobre los alomados cerros de granito que anunciaron el fin del trayecto.

El pueblo de los abuelos de Elisa parecía el escenario de una película medieval. Nada que ver con la pobre visión que me llevé años atrás. Ahora estaba limpio, primoroso, con lustre. A media mañana, los turistas se agolpaban bajo los pórticos de la plaza Mayor para iniciar la ruta a pie que lleva al monasterio de Yuste. Le dije al taxista que me dejara junto a la fuente. Le pagué lo pactado y le di una buena propina. «Llámeme para cualquier necesidad», fue lo que dijo tras darme su tarjeta. El hombre se llamaba Aristóteles, y fue entonces cuando reconocí el típico acento del Peloponeso. Un espartano, me dije, y tuve un buen presentimiento.

Entré al bar de la plaza, buscando una referencia por donde empezar. Había ruido de fondo y el chirrido de la máquina de café. Tuve que alzar la voz.

—¿Conocen a los familiares de los Bermejo? Emigraron a Bilbao a finales de los ochenta y después se marcharon a Madrid —pregunté.

—¿Quién les busca? —preguntó un viejo que jugaba al dominó, sin volver la cabeza.

—Soy el marido de Elisa Bermejo, la nieta de don Fermín —contesté.

—Tómese un café y cuando termine la partida le acompaño a la casa del Colorao —me dijo el paisano sin levantar la cabeza de las fichas de dominó.

El café duró casi una hora, que pasé tranquilamente leyendo la prensa junto al ventanal que daba a la plaza. No se me ocurrió volver a importunar a los locales.

—Venga usted conmigo —me ordenó finalmente el viejo.

Y le seguí como un lazarillo por las empedradas calles del pueblo sin intercambiar una sola palabra. Llegamos a una casa con un pilar torcido de madera que sujetaba la balconada.

—¡Maruja! —gritó el viejo—. ¡Que os busca un forastero!

El hombre se marchó de regreso al bar y me dejó más solo que la una, a la espera de la tal Maruja que asomó por la puerta secándose las manos en el delantal. Me presenté con todos los honores.

—Pase, pase usted. Mi marido ha ido a la huerta, pero volverá en un momento —me dijo la señora.

El Colorao, primo hermano de la madre de Elisa, no tardó en aparecer. Reconocí al instante la genética común, no solo por el pelo rojo, del que le quedaban tan solo unos retazos por la nuca, sino por ese caminar patizambo que giraba el pie izquierdo hacia el interior del cuerpo. Mi mujer tenía los mismos andares. La señora Maruja, una réplica de la prima Rosita, me sentó a la mesa y me sacó unos dulces con una botella de anís. No me quedó más remedio que volver a desayunar.

El Colorao inició la conversación.

—El abuelo de Elisa era el hermano mayor de mi padre, en una familia con cinco hijos varones. Como entonces había muchas dificultades y carencias, el tío Fermín no llegó a terminar la escuela; apenas se calzó los pantalones largos, le mandaron al monte a cuidar las ovejas. Se casó pronto con una mujer del pueblo, de la familia de los Conejos, porque tienen los dientes así —dijo sacando las paletas—. Tras nacer mi prima Amalia, la madre de Elisa, se marcharon a Bilbao. En aquellos tiempos, la mitad del pueblo se marchó para el norte, a trabajar en los altos hornos.

—¿No tuvieron más hijos? —pregunté, temeroso de encontrarme con nuevas sorpresas.

—No. Dicen que a la mujer de mi tío se le secó el vientre nada más salir del pueblo —respondió el Colorao.

—Era una mujer triste y enfermiza. La Coneja chica no valía demasiado, esa es la verdad —puntualizó la señora Maruja, con cierto aire de reproche.

Y por segunda vez volví a escuchar el relato de la muerte de la madre de Elisa a causa de las drogas. Esta vez con más detalles.

—Dicen que la encontraron junto a la ría con la jeringuilla aún clavada en el brazo. Una sobredosis —resumió el Colorao.

—Parece ser que la Amalia se había juntado con muy malas compañías. Ya sabe usted lo que se cuece por allí —remarcó doña Maruja en voz baja y dándome una palmadita en el brazo de complicidad.

Fue la segunda vez que oí el nombre de la madre de Elisa: Amalia.

—Después de aquella desgracia apenas volvieron por el pueblo, y más tras saberse que mi prima Amalia había tenido una niña sin conocer marido. Ya sabe usted, las habladurías de entonces; despellejaban al primero que se saliera del camino. Aquí las comadres tienen la lengua muy larga —dijo el Colorao mirando a su mujer.

—Y los compadres —respondió ella.

— Poco después de terminar la mili fui a visitarles a Madrid. Vivían ya en la portería, allá por el paseo del Prado. Aquello era más pequeño que un gallinero, y oscuro como un túnel —explicó el Colorao haciendo gestos con las manos.

—¿Conoció a Elisa? —le pregunté.

—Sí. La niña tenía este mismo pelo —dijo tocándose la cabeza—. Aquí en el pueblo se dice que los Coloraos descendemos de un soldado que trajo el emperador de los países del norte. Un judío converso. Nuestro apellido Bermejo no es una casualidad.

—¿Cómo era Elisa? —insistí.

—Pues muy rarilla, para qué le voy a engañar. Seca, escurría, una niña que no sonreía ni que le echaras dinero. Estuve un par de días con ellos en la portería y la chiquilla ni me saludó. Parecía uno de esos pececillos rojos solitarios, escurridiza y huraña.

—Dicen que los hijos de las mujeres drogadictas salen torcidos, con el síndrome ese que no me acuerdo cómo se llama —interrumpió la mujer del Colorao.

—¡Calla, mujer! Qué sabrás tú. Años después, vinieron un par de veces con la niña al pueblo, cuando la chiquilla ya era mozuela —apuntó el Colorao.

—Es verdad. Y estuvo aquí mismo sentada sin decir una palabra. No hizo ni un amigo, con la de muchachinos que había entonces por las calles del pueblo. Le gustaba irse sola al cementerio alemán, tirando por la carretera que va al monasterio. Más rara que un perro verde —comentó la mujer del Colorao.

—¿Y de qué ha muerto la Elisa, si puede saberse? —preguntó con discreción el primo.

—De un ataque repentino al corazón. Estaba delicada de salud —mentí.

—Que Dios la tenga en su gloria —dijo la Colorá santiguándose repetidas veces—. Esa familia tenía la desgracia grabada en la frente. Primero su madre, con apenas veinte años, y ahora ella.

Les conté algo más de nuestra vida. Del éxito de Elisa como empresaria, de sus tiendas en Madrid, de su licenciatura en Económicas…

—Sí, ya sabíamos que la muchachina había estudiado y que estaba haciendo fortuna —puntualizó la Colorá.

No les conté que habíamos venido años atrás con las cenizas de los abuelos de Elisa, ni que las enterramos bajo una higuera junto al río, no muy lejos de allí. Entonces ella no quiso avisar a ningún pariente. Tampoco les hablé de mi familia, que en esos momentos estaba a pocos kilómetros, río abajo, disfrutando de una de las suculentas comidas de la prima Rosita. Había venido ex profeso, les dije, porque había heredado de

Elisa una pequeña finca cercada en las afueras del pueblo, y quería conocerla.

Entonces los dos viejos se miraron asustados.

—Está junto a mi huerta. Allí guardamos las gallinas —me dijo el Colorao, con un rastro de vergüenza.

—¿Podrían llevarme? —les rogué.

Salimos del pueblo caminando en dirección a Jarandilla y, apenas a cien metros de la última casa, me topé con mis tierras. Un prado con dos viejos castaños en el centro y una cerca construida a la manera tradicional, piedra sobre piedra, sin cemento alguno, y con la altura de una persona.

—Aquí le llamamos la Cercada del Lobo, porque era donde guardaban el ganado en los tiempos que los lobos correteaban por la sierra —me informó el Colorao—. Ahora ya solo quedan liebres salvajes y bandadas de estorninos, que se comen el maíz de las gallinas.

Las gallinas de los Coloraos cacareaban libremente por la hierba de mi prado buscando el grano. El día era claro, sin nubes. Los dos castaños estaban a rebosar de bolas pinchudas que eclosionarían en breve. Entonces las gallinas y los gorrinos se pondrían las botas. Sonreí.

—Les vendo el prado por el simbólico precio de mil euros —les dije de sopetón.

—¿Está usted loco? Vale muchísimo más —me contestó el Colorao.

—Pero yo quiero que sea de ustedes, de los descendientes de aquel soldado pelirrojo de la corte. En honor a Elisa —reiteré.

—Bueno, Paco, si este hombre insiste... Qué mejor que se quede en la familia —acortó la señora Maruja, que no quería perder la oportunidad.

Tras una larga discusión con el Colorao, cerramos el trato con un enérgico choque de manos. Convinimos que les avisaría en cuanto el papeleo estuviera arreglado.

—Nosotros vamos a Madrid muy a menudo. A ver a los hijos —perseveró la Colorá, que no veía el momento de quedarse con el prado.

Después de insistir una y otra vez que me quedara a comer, los dos parientes se marcharon. Quería estar un rato más en mis posesiones y caminar hasta el monasterio, les dije.

Conté varias veces con pasos el diámetro de la finca y su perímetro. Comprobé también el buen estado del muro, intentando mover sin éxito las piedras. Después de la inspección, me dispuse a sacar las viandas que había traído, sentado bajo uno de los castaños. Las malditas semillas de chía del bocadillo se me quedaron atrapadas entre los dientes. Tras el frugal almuerzo, dispuse la mochila de almohada y me eché una buena siesta contemplando el cielo de mi propiedad.

Desperté cuando sonaron las campanadas de las cuatro de la tarde. Las gallinas del Colorao me rodeaban, pienso que a la expectativa de las migas del bocadillo sobre mi camiseta. Entonces saqué la capa de terciopelo de Elisa, la extendí, y me dispuse a colgarla de la rama más alta de uno de los castaños, bien atada, a modo de espantapájaros. Me encaramé al árbol con una enorme torpeza y me rajé el pantalón con una rama.

—Ya verás cómo no se acerca ni un estornino —me dije.

Cuando me marché de allí, la Cercada del Lobo tenía su propio fantasma; un fantasma azul turquesa que se agitaba al viento como un estandarte. Cerré la puerta de madera y me prometí que no volvería jamás.

Regresé al bar de la plaza. Los paisanos seguían erre que erre con el dominó. El viejo cicerone me saludó esta vez con un movimiento de cabeza. Me dio a entender que ya éramos viejos conocidos.

—¿Qué hacía usted subido al árbol? —me dijo—. Para haberse matado.

Y noté las risas escondidas de los parroquianos que me habían estado espiando.

—Ese trapo que ha colgado usted en el árbol no va a durar ni una noche, con las ventoleras que soplan por allí —me dijo el abuelo ante la risa general.

Barajé en aquel momento dos opciones: llamar a Aristóteles para regresar a Madrid, o hacer autostop hasta el pueblo de mi padre. Tenía además un siete en el pantalón a la altura de la bragueta. Imaginé a la prima Rosita haciéndome mil preguntas y elegí la primera opción. Aquella visita fugaz a mis dominios fue la peor inversión económica de mi vida.

En el viaje de vuelta me confesé al taxista espartano. Le conté hasta el más mínimo detalle de mi relación con Elisa: cómo la conocí, mis éxitos literarios, la hostilidad de mi madre, el asesinato, el Cucharilla, el embarazo, los diamantes… No paré de hablar en todo el camino. El conjunto de pormenores que había guardado celosamente en secreto se los revelé al griego de sopetón con un fluir de palabras. Aristóteles escuchaba aquel desnudo integral sin interrumpirme, mirando por el retrovisor y asintiendo con la cabeza.

Cuando el estoico chófer me dejó en el portal de la calle Velázquez, sonrió abiertamente. Me puso una mano en el hombro y me dijo:

—Es usted como una tragedia de Sófocles, querido amigo.

XV

La verdad es que no me costó demasiado abandonar el piso de la calle Velázquez. Cuando uno se enfrasca en una mudanza, se da cuenta del acopio de cosas inútiles que va almacenando a lo largo del tiempo. Me llevé tan solo el ukelele y lo imprescindible, para dejarle a Manolín todas las pertenencias de Elisa, incluidas sus horquillas del pelo y las pastillas de dormir. Me despedí de la empleada doméstica sin demasiadas muestras de afecto. Era una triste muchacha de Bulgaria de la que apenas sabía nada. Le pregunté si quería venir un par de días a la semana a mi nuevo piso de alquiler, más por compromiso que por necesidad. Afortunadamente me dijo un «no» rotundo, sin más explicaciones. No iba a echar de menos esas tortillas grasientas que me dejaba para la cena. Un problema menos, me dije. Fui generoso y le metí en un sobre una buena compensación económica por los servicios prestados. Me marché de allí para siempre con el ukelele en bandolera y cerrando la puerta con sigilo, como si fuera un músico que se pira a por tabaco.

—Vaya usted con Dios, don Luis —me dijo el portero, y le dejé una propina de cien euros sobre la repisa.

Sí, me había levantado espléndido aquella mañana.

Mi nuevo piso de alquiler estaba junto al Reina Sofía, en pleno territorio castizo de Lavapiés. La casa de doña María, la madre del Cucharilla, me quedaba a un tiro de piedra. Había encontrado un cuarto piso abuhardillado en buenas condiciones, recién reformado, y con una estrecha terraza desde la que podía ver el trasiego de la plaza del museo. Tenía un par de dormitorios amplios y una cocina americana adosada al salón. El apartamento era de lo más funcional, en el sentido literal de la palabra.

Acondicioné uno de los dormitorios para Suli. Aún no nos habían dado su custodia definitiva, pero tampoco habían interrumpido el acogimiento temporal que iniciamos en el verano. Suleimán pasaba algunos fines de semana conmigo, ya que mi hermana insistía en que ambos necesitábamos compartir espacio para fortalecer nuestra relación. Más que dos hermanos, parecíamos una pareja separada con un hijo que iba alternando ambos domicilios. Yo le dejé total libertad para que adornara su leonera como quisiera.

Habíamos matriculado a Suli en el instituto público del hijo de Margarita Lozano, para que fuera más fácil su integración. Mi hermana temía problemas de racismo y de rechazo social, pero en el instituto se mezclaban todo tipo de nacionalidades y colores de piel. El raro en este centro era Pablo Seisdedos: español y blanco caucásico. Yo sabía que el muchacho no era el santurrón que su madre pretendía vendernos, sino un adolescente al uso que fumaba a escondidas y tenía el cuarto empapelado de artistas pop, todas ellas con poses provocativas. Conocía muy bien la utilidad nocturna de aquella decoración.

De la noche a la mañana me vi convertido en un padre soltero, haciendo cosas que jamás hubiera imaginado. Durante la semana me tragaba largos entrenamientos de chutes a portería en el patio del instituto y los sábados tenía que acompañar a Suleiman Khalifa a los partidos, aplaudiendo sus paradones desde las gradas. Usábamos los servicios de taxi de Aristóteles, que la mayoría de las veces se quedaba conmigo a presenciar el partido completo. Suli y yo lo pasábamos muy bien juntos, y a él le gustaba mucho mi nuevo barrio, con este batiburrillo de gentes venidas de todo el mundo. Organizábamos fines de semana gastronómicos, probando comidas de diferentes países: India, China, México, Japón y Corea, aunque la mayoría de las veces terminábamos en el Museo del Jamón. De vez en cuando también nos dejábamos caer por el centro de inmigrantes para relamernos con los guisos de la madre del Cucharilla, especialmente el día que nos anunciaba su famosa paella en el menú.

El español de Suli iba mejorando por días y a veces teníamos curiosas conversaciones sobre la felicidad, la libertad y el amor. Suleimán estaba acostumbrado a largas sobremesas de té azucarado y parloteo. Sus tiempos no eran los nuestros. Me preguntaba mucho por mis antepasados, como si a una persona se la pudiera conocer mejor por las hazañas de sus ancestros. Le gustaba escuchar historias. En cierto modo, era bastante cotilla y le atraía especialmente el tema amoroso. Decía que la madre de su amigo Seisdedos estaba enamorada de mí y que yo tenía que hacer todo lo posible por conquistarla. Me imaginé a los dos adolescentes conspirando en el recreo, urdiendo planes para que Margarita y yo nos amancebáramos.

—Madre de Pablo muy guapa —me decía tocando su corazón con la mano.

—Yo quiero ser libre, sin mujeres —le contestaba yo, haciendo que volaba moviendo los brazos.

Ni yo le hablé de Elisa ni él de su origen, más que nada porque no había llegado la hora de hacerlo. Suli me regaló un tiempo más largo para recomponerme y grandes dosis de paciencia para afrontar la realidad. Aquel filósofo persa tenía una quietud beneficiosa para mi espíritu. El muy zalamero me había caído del cielo. Y él lo sabía.

Fue durante esos meses cuando tomé la decisión de rescatar parte del dinero de los fondos de inversión que me había dejado Elisa. Compré un local cochambroso junto a La Casa Encendida, el centro cultural de la vanguardia madrileña. Lo primero que hice fue encargar el letrero, elegante y moderno: Editorial La Cercada del Lobo. Contraté a la cuadrilla de Aristóteles, una tribu de griegos que aprovechaban las horas libres del taxi para hacer chapuzas a domicilio. Cuando vieron el estado del local se echaron las manos a la cabeza, pero conseguimos cerrar un precio ciertamente ventajoso para ambos.

En estas nuevas rutinas andaba cuando mi hermana llevó a cabo su maléfico plan.

Se acercaba la Navidad y por fin teníamos Gobierno. El antiguo colega de mi madre había ganado las elecciones por los pelos. Rosario se presentó en su despacho de la sede del partido con una copia impresa de los documentos que confirmaban los tejemanejes de la operación Futbolín. El flamante nuevo presidente intentó sacársela de encima. Lanzó todo tipo de amenazas y reproches a la falta de ética profesional de nuestra madre. Le sacó también a relucir el turbio suceso de la muerte de Elisa. Pero Rosarito no se amilanó y fue contundente:

—Veamos qué le interesa más a la opinión pública, si el caso de la mujer de mi hermano, que nadie conoce, o los chanchullos ilegales del nuevo inquilino de la Moncloa —le dijo abanicándose con las pruebas incriminatorias.

La Candoroso salió victoriosa de aquel enfrentamiento, con la promesa bajo el brazo de un homenaje a nuestra madre por todo lo alto, una ceremonia que ni los Óscar de Hollywood.

El acto solemne de la apertura de la legislatura nos pilló a todos un tanto descolocados. Mi padre vino del pueblo con la prima Rosita, que se pasó el día anterior en la peluquería, la esteticista, el modisto y poniéndonos la cabeza como un bombo de la lotería. Para ella, ver a los reyes iba a ser el acto más importante de su vida. Nos colocaron en el palco de invitados del Congreso de los Diputados, después de un recibimiento de lujo, con la plana mayor del Gobierno esperándonos en las escalinatas. Suli parecía un niño vestido de primera comunión, con un traje de chaqueta que le sobraba tela por todos lados. Estaba completamente perdido, desubicado. La que apareció majestuosa fue mi hermana, dispuesta a disfrutar como nadie de su momento de gloria. Subió las escaleras del Congreso con parsimonia, saludando a las cámaras como una actriz. Estaba guapísima, con un vestido entallado de seda salvaje bajo un maravilloso abrigo blanco de pelillo. Me acordé de Manolín y lancé un grito al aire de «chúpate esa».

El rey pronunció varias veces en su discurso el nombre del abuelo Fernando y de nuestra madre, insistiendo que ambos fueron los referentes políticos del país. El abuelo Fernando había sido esencial durante la Transición y un ejemplo de integridad y honestidad, atributos que —según su majestad— heredó nuestra madre. La prima Rosita sacó un pañuelo para enjuagarse las lágrimas y el Maestro carraspeó la garganta. A mí me entró una risa nerviosa en esta parte. El Congreso había aprobado por unanimidad bautizar una de las salas del edificio como Sala de Mercedes de Castro, donde se invitaba a los presentes a disfrutar de un vino español al terminar la sesión.

Aún hoy nos reímos de la reverencia que hizo la prima Rosita a los reyes. Casi se le queda la rodilla clavada en el suelo y se le hunde la barbilla en el pecho. Sin embargo, mi padre apenas inclinó la cabeza en recuerdo de su abuelo Melitón, republicano y agnóstico, que fue enterrado tras la tapia del cementerio sin una sola misa ni responso. El que despertó mucho interés fue Suli, objeto de un interrogatorio por todo lo alto a cargo de sus señorías. Con su elemental español, fue contestando las preguntas con elegancia y salió airoso gracias a su eterna sonrisa. Se me ocurrió al instante un título de relato corto que escribiría al volver a casa: *Un moro en la corte*. Yo aproveché la coyuntura para pegarme a la ministra de asuntos sociales, rogándole un especial interés en el caso de Suleimán Khalifa. Mi hermana abordó a su vez al ministro de asuntos exteriores, que apuntó el nombre de Suli en su teléfono y nos prometió una profunda investigación. Jamás volvimos a saber nada de ninguno de los dos ministros.

Nos sorprendió muchísimo el ambiente de cordialidad que reinaba entre los políticos, dándose palmaditas unos a otros con grandes muestras de afecto. «El gran teatro del mundo», comentó mi padre, a sabiendas de los rifirrafes que nos esperaban cuando cada uno ocupara su escaño. Uno de los diputados se me acercó de manera muy discreta para darme la enhorabuena por mi obra literaria. Traía para firmar un ejemplar de mi primer manuscrito.

—Soy un fiel seguidor de sus libros de viajes. ¿Para cuándo el siguiente? —me interrogó.

—Tengo en el horno uno sobre la isla de Santorini, que publicará mi nueva editorial. Le invitaré personalmente a la presentación —le contesté, apuntando su número de teléfono.

Si hubo alguien que verdaderamente triunfó en la velada real fue la prima Rosita. Le habló de su pueblo hasta al mismísimo rey y extendió invitaciones a diestro y siniestro para visitar la comarca. Tuvo además la habilidad de no despegarse del entorno de los reyes para acaparar la atención de las cámaras. La rechoncha figura de la prima Rosita apareció en el telediario, en las portadas de la prensa nacional y en el interior de las revistas del corazón. Extremadura había ganado —sin saberlo— una embajadora de primera. Las fotografías de la prima Rosita con los reyes circularon desde Tentudía hasta Las Hurdes y fue elevada a la primera categoría de personajes importantes del valle del Jerte. Sus retratos con la realeza aún cuelgan de las paredes de los bares del pueblo y presiden el salón de la vieja casa familiar.

Tras finalizar el ágape, invité a la familia a tomar un café en mi nueva casa. Suli estaba francamente cansado de la vida adulta y se quedó dormido en el sofá con la televisión puesta. La prima Rosita estaba aún más agotada. La fama tiene un precio. Le presté mi dormitorio para que echara una cabezadita. Ella recompuso primero las sábanas, sacudió la almohada y dejó los zapatos de tacón perfectamente alineados bajo la mesita de noche. Los tres Candorosos nos quedamos solos apoyados sobre la barra americana de mi cocina.

—Tengo una buena oferta para vender el chalet, a uno de esos fondos de inversión que tanto están proliferando por Madrid. ¿Qué pensáis? —nos interrogó mi padre.

—Véndelo, papá. Es una casa demasiado grande para vosotros y debe costar un dineral mantenerla —le respondí con sinceridad.

—Probablemente cierre la venta la semana que viene, pero antes me gustaría que fuerais allí a llevaros lo que queráis. ¡Hay tantos recuerdos vuestros y de mamá!

—Pues a mí me vendrían muy bien algunos muebles para la editorial —comenté.

—Y yo quisiera quedarme con los objetos de la abuela Palmira y los discos de música de mamá —respondió mi hermana Rosario.

—Llevaros lo que queráis. En el *salón de baile* hay además dos buenos cuadros. Son originales; uno de Antonio López, que compró mamá en una subasta, y una litografía de Miró, que heredamos del abuelo Fernando. Son para vosotros —insistió mi padre.

Tres palabras resonaron en mi cabeza como una campana: *salón de baile*. Me quedé sin voz, absorto. Aún guardaba en un cajón la pequeña llave con la etiqueta que me había entregado el comisario, y cuyo origen nunca conseguimos averiguar. Estaba en el interior del bolso de Elisa la mañana que murió. El asesino había sacado todos los objetos del interior para dejar la llave, como un mensaje cifrado. ¿O estaba la llave allí y el asesino no la sacó? Siempre me decanté por lo primero, como buen escritor que soy.

Recordé a cámara rápida nuestra infancia, cuando mamá nos llamaba para bailar en el saloncito adosado a su despacho. Ella retiraba los muebles y encendía el tocadiscos. Entonces Rosario y yo éramos los niños más felices del mundo. Cuando más tarde aquel despacho se convirtió en un lugar prohibido, los divertidos bailes con nuestra madre quedaron en el baúl de los recuerdos. El subconsciente de mi padre acababa de renombrar ese espacio. Quizás para ellos fue siempre el *salón de baile*, unos cuantos metros cuadrados que retenían aún los armoniosos pasos de mi madre sobre el parqué.

Mi padre y mi hermana cambiaron de tema y comenzaron a hablar del acto institucional de la mañana, recordando cada detalle, escudriñando las conversaciones. Yo seguía ajeno, dándole vueltas a la cabeza sobre cómo llegar a la casa de mis padres sin levantar sospechas y revisar el llamado salón de baile de cabo a rabo.

—Papá, ¿qué te parece si mañana vamos Rosario y yo a por las cosas que queremos recuperar y tú te llevas a Suli y a la prima Rosita a Aranjuez? La prima está loca por visitar los jardines —me aventuré.

—Pues estupendo. Así podéis moveros con libertad por la casa sin la supervisión de la prima —nos respondió guiñando un ojo—. Y luego podemos quedar todos juntos para cenar.

Vi el cielo abierto. Quedé con Rosario a la mañana siguiente; ella me recogería a las nueve de la mañana sin ninguna sospecha del plan, y mucho menos de las sorpresas que nos esperaban.

XVI

Desayunamos en el bar de la esquina de mi calle, el Tinta China, un pequeño garito que antaño fue una espartería y que ahora se había convertido en una cafetería regentada por un par de chinos. Los muy puñeteros hacen unos churros buenísimos y te dibujan corazones, lunas y besos sobre la espuma del café. Me he hecho bastante amigo de la mujer, que se ha autobautizado con el nombre de Lola, porque su nombre verdadero no hay quien lo diga. Era la cuarta vez que Lola me dibujaba el corazón sobre la leche batida y, con ello, había ganado un parroquiano fijo cada mañana.

—Hijo mío, qué rápido te has adaptado al barrio. Hasta te ha salido una novia —me dijo con guasa la pícara de mi hermana.

Llegamos a la casa de nuestros padres poco después de las diez. El invierno había caído sobre los árboles, que se mostraban pelones y tristes, y el barrio seguía con ese silencio sepulcral de las urbanizaciones de lujo; el frío orden de los ricos. Dimos por hecho que la prima Rosita había arreglado el jardín y barrido todas las hojas del patio.

—Seguro que ha limpiado hasta los troncos de los árboles —dijo la pérfida de Rosarito, a sabiendas de que la prima hacía lo mismo en el pueblo con los nogales de su jardín.

Cuando entramos en la casa, hice que mi hermana se sentara cómodamente en un sillón y le revelé mis sospechas sobre la llave. La tenía guardada en el bolsillo del pantalón y la saqué para mostrársela. Le recordé que estaba en el bolso de Elisa el día de su asesinato.

—Mira que te gusta la fanfarria, Luis, no tienes remedio. ¡Qué salón de baile ni historias! A ese lugar siempre lo hemos llamado *el despachillo de mamá*.

—Pero papá ayer lo llamó así, tal cual. Para ellos, el anexo del despacho era el *salón de baile*. ¿No lo ves? Por favor, ayúdame a encontrar alguna pista —le rogué con insistencia.

Mi hermana levantó la mirada al cielo y dijo:

—Me tienes hasta la coronilla con tus aventuras. Primero me usas de chófer y ahora quieres que me ponga a fisgonear como Miss Marple.

Pero yo sabía que le podría la curiosidad, así que nos fuimos directos al despachillo para examinar cada objeto de manera meticulosa.

Allí encontramos el alma de nuestra madre, lo mejor de ella. Sus discos de música estaban colocados por estilos, predominando los de *jazz* y *swing*. Conservaba pocos libros, pero muy bien escogidos. Estaban las obras completas de Stefan Zweig, los clásicos norteamericanos y una buena selección de novela negra. Esto último me sorprendió. En una de las estanterías, encontramos la caja con sus zapatos de baile. Le gustaban mucho los de pulserilla, con poco tacón y suela de madera. Recordé cómo resonaban sus pasos en la casa cuando bailaba. Dimos también con innumerables paquetes de fotos, una secuencia completa de su vida; desde su infancia con los abuelos en el piso de Fuencarral hasta nosotros. Pasamos más de una hora embobados, comentando las fotografías una por una.

—Suli es idéntico a ti cuando eras adolescente —afirmó mi hermana.

Y sí, me daba un aire. El pelo, la nariz, esa mirada curiosa… La abuela Palmira decía que yo llevaba impresa en la cara la marca de la casa real persa. No se podía imaginar que acabaría teniendo también un nieto postizo con los rasgos de los antiguos reyes de Babilonia.

—Si no te importa, las fotos me las quiero quedar yo —me dijo Rosarito. Y yo acepté sin rechistar.

Seguimos rebuscando por los cajones, vaciamos las baldas de las estanterías, repasamos las figuras de porcelana, la cerámica y los marcos de las fotos. Nada, ni una sola cerradura donde insertar una llave.

Me senté un rato en el sillón de mi madre para pensar, dispuesto a tirar definitivamente la toalla. Fue en ese momento cuando vi el cuadro, presidiendo el salón de baile. Antonio López había retratado a un emigrante español sentado sobre dos maletas viejas en una habitación cochambrosa. Siempre me pareció una pintura muy triste, cargada de soledad, un cuadro oscuro y melancólico de los durísimos tiempos de la postguerra.

Me acerqué para fijarme detenidamente en la pintura. En una de las maletas había una cerradura con una llave, una llave vieja, gastada, e idéntica a la que yo tenía en el bolsillo.

Mi hermana se subió a una silla para descolgar el cuadro y allí, entre el cartón del paspartú, vimos el sobre con la letra manuscrita de nuestra madre: «para Luis».

Querido hijo:

Si has llegado hasta aquí es porque ha ocurrido lo que tenía que ocurrir. Esta carta es una confesión en toda regla. Sí, yo les he matado, o más bien he dado la orden para que alguien lo hiciera. No sabes lo fácil que resulta encontrar un sicario en estos tiempos. Ciertamente, el dinero no puede comprar la vida, pero sí la muerte.

Te preguntarás cómo una madre puede llevar a cabo una acción así. Es difícil de entender, lo sé. Ahora que tengo mi propio entierro a la vuelta de la esquina quiero regalarte una vida buena, hijo mío. La muerte de Elisa es un acto de amor.

He caminado estos últimos años en solitario, aislada de vosotros y de vuestro padre. Reconozco que me cegó el poder. Es tan fácil recrearse en el halago y pensar que uno trascenderá cuando ya no esté. Ahora sé que la eternidad solo está reservada para los genios. Soy una perdedora, hijo mío, una fracasada que ha desperdiciado los mejores años de su vida para regocijarse en una falsa realidad. Ahora que voy de cabeza a la tumba, no quiero que te pase lo mismo.

Asumo que cuando leas esta carta ya sabrás que Elisa no era lo que parecía. También ha tejido sobre ti una telaraña de engaños y argucias. Es lo que solemos hacer las personas desgraciadas. Ella vino a verme hace unos días y me puso un espejo delante para que viera en lo que me había convertido: una persona sin dignidad, sin escrúpulos, exactamente igual que ella. Tu mujer fue ni más ni menos que mi reflejo.

Mi querido Luis. Siempre he sabido que el débil de la familia eras tú. Ya de pequeño te fabricabas un mundo a tu medida. Esa maldita mujer te engañó desde el primer día, convirtiéndote en su marioneta. Ha movido los hilos a su conveniencia, cegándote por completo. Me preocupa tu falta de sentido crítico y ese carácter pusilánime de burgués que te has ido forjando junto a Elisa. Llevas años durmiendo junto al lobo como un corderito inocente, y mi obligación como madre es protegerte.

Sé que me vas a odiar durante largo tiempo, que esta confesión te hará un daño irreparable, pero cuando pasen los años y hayas recuperado las riendas de tu vida, volverás la vista atrás y lo entenderás todo.

Te quiere,

Mamá

Cuando terminé de leer en voz alta la carta de mi madre, me invadió una sacudida sísmica por el cuerpo. No podía respirar y el corazón me latía a una velocidad de vértigo. Me derrumbé en el suelo, plenamente consciente de mi situación. Rosarito actuó con profesionalidad: colocó mis pies en alto y me frotó las cervicales con un paño húmedo, mientras cronometraba mis pulsaciones. Así estuve una eternidad, al arrullo de sus palabras de consuelo, hasta que mi cuerpo respondió de nuevo y pude levantarme.

—Luis, tendremos que vivir el resto de nuestras vidas con la memoria de esta carta. Tú y yo, solos —dijo mi hermana apesadumbrada—. Ahora ya sabemos en qué se gastó mamá el dinero que sacó del banco poco antes de morir.

—Tenemos que ir a la policía; hay que decir toda la verdad —balbuceé como buenamente pude.

—De eso nada. ¿A quién puede beneficiar la verdad? ¿A papá, que acaba de encontrar la felicidad? ¿A nosotros, que ayer mismo permitimos un homenaje a mamá con el rey a la cabeza? Será un escándalo. Solo dispersaremos más desgracia a nuestro alrededor. De ninguna manera daremos a conocer el contenido de esta carta. No voy a permitirlo —respondió Rosarito con autoridad.

—Pero… El Cucharilla, ¡es inocente! Al pobre infeliz le tocó pagar el pato con la maldita historia de los relojes —insistí—. No podemos ser cómplices de un asesinato doble.

—Eso es algo que no entiendo —comentó mi hermana releyendo la carta—. Ese plural que utiliza al principio, «sí, yo les he matado». ¿Cómo sabía mamá lo del Cucharilla? ¿Por qué fue también contra él? No tiene ningún sentido. Obviamente, a mamá se le fue la pinza con tanta medicación, no encuentro otra respuesta.

—Recuerda que mamá fue a interrogar a la maestra. Sabía también de la infancia de Elisa y seguramente de los favores que le hacía al Cucharilla. Pudo confundir la relación, como nosotros al principio —respondí sin mucho convencimiento.

—Mamá nunca daba un paso en falso, menuda era. Yo creo que la clave está en la última visita de Elisa —apuntó mi hermana.

—¿Qué le diría Elisa? —pregunté.

—Pues le restregaría la operación Futbolín, le echaría en cara lo mal que la trató durante todo este tiempo. Las dos eran iguales, Luis, arrogantes y agresivas. Elisa le dio la última estocada sin prever las consecuencias.

—Esto es una locura. Tenemos que llamar al comisario inmediatamente —volví a insistir agarrando el móvil.

—Tranquilízate. Vamos a pensar con sensatez por una vez. Imagina cómo puede afectar esto a papá, vivirá en una completa amargura los años que le quedan. ¿Y Suli? ¿Tú crees que dejarán que permanezca con nosotros después de esto? Seremos unos proscritos, estaremos señalados. La confesión de mamá nos condenará a todos —suplicó mi hermana.

—¿Sabes lo que significa esto? —grité agitando la carta—. Que nuestra madre fue una asesina, que pagó para matar a mi mujer y a ese pobre infeliz. ¿Te haces cargo?

—Sí, he entendido perfectamente el contenido y sé cómo te encuentras, pero ahora tenemos que pensar con la cabeza fría. No podemos tirar por la borda nuestro futuro. Esto es muy, muy gordo. Si confesamos, los únicos perjudicados seremos nosotros. Las dos estaban locas, mamá y tu mujer, no vamos a dejar que se salgan con la suya ¿Confías en mí?

—No sé —dije completamente abatido.

Mi hermana, la débil, la neurótica, esa mujer que nos hacía reír y temblar a la vez, agarró el toro por los cuernos. Me ayudó a incorporarme, como si fuera un anciano de cien años, y me llevó de la mano hasta el jardín. Quedaban los restos de un fuego de quemar rastrojos, que seguramente había prendido la prima Rosita esa misma mañana. Los rescoldos apenas soltaban ya humo, pero mi hermana se las ingenió para reavivar el fuego. Me dejó leer de nuevo la carta, y yo hice una fotografía mental, guardando en mi memoria palabra tras palabra. Después me quitó el papel y lo rompió en mil pedazos. Aquellos fragmentos, que eran la única prueba de la implicación de mi madre en el asesinato de Elisa y el Cucharilla, ardieron lentamente entre las cenizas.

—Y aquí se termina la pesadilla, Luis. Esta carta nunca existió. Ahora nos toca mirar hacia delante, defender un futuro con papá, la prima Rosita y Suleimán el Magnífico —concluyó de manera ceremoniosa.

Hicimos la promesa de no revelar jamás el secreto y regresamos en silencio a Madrid. Las palabras escritas de mi madre bombardeaban mi mente y sabía que nunca me libraría de ellas. Yo era el débil, el pusilánime burgués, el corderito al que había que proteger cometiendo un doble asesinato en la habitación 345 del hotel Bora Bora.

Pero aquel delirio no había terminado. A doña Mercedes de Castro le quedaba todavía una bala en la recámara.

XVII

Habían pasado cinco meses desde que encontramos la carta de nuestra madre atrapada en el paspartú del cuadro de Antonio López; cinco meses de abatimiento, de preguntas sin respuesta, de desazón. La policía apenas volvió a contactar con nosotros, únicamente para confirmar que el asesino continuaba en paradero desconocido y que aún no le habían echado el guante. La tesis del robo del reloj seguía vigente y circulaba una orden internacional para identificar a un mercenario con un trébol de cuatro hojas tatuado en el brazo derecho.

Únicamente mi hermana y yo sabíamos la verdad. Los celos de una madre al borde de la muerte habían desencadenado la tragedia. Repasé mentalmente la carta una y mil veces, buscando un atisbo de cordura, un resquicio de sensatez para perdonarla. No lo encontré. Indagué en la medicación que tomó mi madre durante los últimos meses, en busca de una explicación científica a su locura. ¿Cómo una mujer en su sano juicio gasta las últimas energías de su vida en maquinar el asesinato de la mujer de su hijo y de un pobre infeliz?

—No era ella, Luis. Se le fue la pinza con la medicación —era la explicación que repetía mi hermana como un mantra.

Intenté deshacer la madeja de odios que iba creciendo día a día en mi interior, la sensación de ser un pelele en manos de aquellas dos mujeres que habían jugado con mi vida y mi destino. Me aferré a lo único que sabía hacer: escribir, retomando la novela de Santorini para darle nuevos aires. Aparecieron de nuevo las luces del Mediterráneo, pero también las sombras de los últimos meses. Elisa ya no estaba en la casita del faro, sino en un oscuro rincón de resentimientos que se había forjado en el interior de mi alma.

Durante aquellos meses tuve la suerte de consolidar una estrecha amistad con Aristóteles, que me ayudó a quitarle hierro al asunto. Identifiqué en su carácter los profundos surcos de las viejas culturas del Mediterráneo, los pequeños detalles en común que no salen en los libros de texto: la armonía en la estética, la desordenada forma de pensar y esa capacidad de improvisación que nos enfrenta a la vida sin tomarnos las cosas demasiado en serio.

—A este lado del mar nos gusta vivir en un ambiente de catástrofe inminente, asumiendo que la felicidad es un estado pasajero —me consolaba mi nuevo amigo.

Descubrí con Aristóteles el desenfado frente a la adversidad, lo que me animó a relativizar los problemas en los que me había visto envuelto desde la muerte de Elisa.

—Los sabios aprendemos mucho del infortunio —dijo el griego hablando en primera persona.

Durante la reforma de mi local, tomamos la decisión de celebrar cualquier logro con la cuadrilla: el enlosado, el repellado de las paredes y la colocación de las ventanas. Nos habituamos a frecuentar el bar de la china Lola, que se convirtió en nuestro refugio después del trabajo. La muy condenada nos servía unas jarras de cerveza gigantes con una tapa de rollitos de primavera. Aquellos fritos rellenos de brotes de soja sabían a rayos y no había Dios que se los comiera.

—A comel y bebel, amigos —nos gritaba alegre la china Lola, mientras nosotros hacíamos apuestas sobre el contenido de los rollitos.

El trabajo físico con la cuadrilla de Aristóteles me vino muy bien. Aprendí a preparar la mezcla, expandir el mortero, levantar andamios, nivelar las paredes, rematar las juntas, y una variedad de tareas que me dejaban agotado al atardecer. Mi sueño nocturno, que se venía desarrollando a trompicones desde el asesinato, comenzó una nueva etapa de alargamiento y profundidad.

Para finales de mayo, tenía el local listo y amueblado. La Cercada del Lobo contaba con unas oficinas de lo más modernas: grandes ventanales a la calle, hilo musical y una máquina de café en el pasillo. Los muebles del despacho de mi madre ocupaban ahora el mío propio, sobre cuya pared destacaba un maravilloso cuadro del ex de Margarita Lozano: una especie de campo de amapolas sobre un fondo de tierra cocida. Había invertido el dinero de Elisa en una gestoría, una pandilla de ocho griegos del Peloponeso, una china loca que nos envenenaba al atardecer y en las amapolas terrenales del Seisdedos sénior. Tan solo me faltaba una ayudante, y la encontré.

Contraté a Casi de Casimira, una amiga de mi hermana que parecía salida de un grupo de *heavy metal*. Casi de Casimira tiene el rostro con un amplio muestrario de *piercings* y varios mechones teñidos de rosa chicle. Según Rosario, su amiga goza de enormes habilidades para las tareas administrativas y comerciales. Desde el primer día comprobé su desorden como secretaria, pero su despliegue informático en las redes sociales hizo que la editorial La Cercada del Lobo se anunciara rápido. Eligió un eslogan muy particular: *Aquí escribimos con los renglones torcidos*. A los pocos días teníamos el buzón del correo electrónico invadido de textos de lo más variopintos: poesía esotérica, novela negra, novela rosa, porno, textos de autoayuda, manuales de cocina, rutas de excursionismo y cualquier palo inimaginable de la literatura universal. Nos llegó incluso la obra de un poeta gallego que escribía con los pies, y no porque el hombre no tuviera manos, sino porque reivindicaba el uso de las extremidades inferiores de nuestro origen primate. Otra señora de Murcia nos remitió una novela policíaca con las palabras escritas al revés, «para darle más intriga al lector», nos dijo en su carta de presentación. A la segunda línea ya tenía un dolor de cabeza que no podía con mi alma.

Ante tal despliegue literario, mi ayudante punk tomó una sabia decisión:

—Tenemos que especializarnos, jefe. Usted se ocupa de la literatura de viajes, que es lo suyo, y yo me encargo de la novela negra, que es lo mío.

Y de esta forma, La Cercada del Lobo se dividió en dos secciones, antagónicas y complementarias. Aún no sé cómo, caí rendido a los pies de aquella chiflada vestida de negro y acepté sin rechistar que se hiciera cargo de la mitad de mi negocio.

—La Casi es capaz de venderle a un ciego cuatro novelas. Confía en ella —fue el consejo de mi hermana.

Hice balance de aquel año sin Elisa. Había pasado de los falsos amigos del vermut, siempre con las narices levantadas, a un compinche griego, una hermana empoderada, un hijo moro ilegal, una madrastra que me enviaba cajas de perrunillas caseras, una amiga forense con un hijo que tenía seis dedos en el pie y, para rematar, una siniestra ayudante que daba miedo encontrártela por la noche. Mi vida se había convertido en una novela esperpéntica al más puro estilo de Valle Inclán.

Ya bien avanzado el curso, Suleimán el Magnífico había montado su propio serrallo en mi buhardilla de Lavapiés. El niño había crecido un par de cuartas y comenzaba a aflorarle una tenue pelusa en el bigote. En el instituto, se había hecho muy popular entre las chicas, más por exótico que por guapo. Nuestro morito se había convertido en un imberbe seductor con una corte de admiradoras. Aquellas bellas adolescentes entraban y salían de mi apartamento para ayudar al príncipe de Bagdad con los exámenes.

El español de Suli había mejorado muchísimo y era capaz de debatir sobre cualquier tema con fundamento. Mostraba gran destreza en las asignaturas de humanidades, pero era un auténtico gandul para las de ciencias, lo que sacaba al abuelo de sus casillas. Aquel adolescente a medio cocer apuntaba maneras de animal político, mostrando un tremendo interés en todo lo que acontecía por el ancho y vasto mundo.

Suleimán seguía conspirando con su amigo Seisdedos para liarme con Margarita Lozano. Yo me encontraba entonces en un estado de misoginia recalcitrante y eludía las propuestas de aquellas dos celestinas como buenamente podía. Los muy ladinos urdieron un plan para viajar a Burgos. El propósito era visitar el Museo de la Evolución Humana y los yacimientos de Atapuerca.

—Tenemos que hacer un trabajo sobre el tema —nos engañaron.

Detrás de todas las excusas que me inventé para rechazar el plan estaba el miedo que le tenía a la forense, mi amiga de la infancia. Una mujer así podía vapulearme, más aún de lo que ya me encontraba. Había decidido hacer vida monacal centrado únicamente en mis libros y la editorial. Mi hermana se saltó a la torera todos estos argumentos. Nos reservó el hotel, compró las entradas del museo y concertó una visita al yacimiento. De repente, me vi subido al coche de Margarita con los dos filibusteros detrás, rumbo a los orígenes del primer europeo.

El hotel estaba frente a la trasera de la catedral. Desde mi habitación, veía elevarse los pináculos góticos como agujas de filigrana y me dispuse a remendar el día con buenos ánimos y mejor actitud. Cuando bajé, los adolescentes estaban arramblando con la bollería del bufet y la forense leía tranquilamente el periódico con un oloroso café en las manos. Frente a tal serenidad, me di un lento homenaje gastronómico de lo más variado.

Como norma general, los museos me marean, así que me puse a la retaguardia de mis tres acompañantes con la intención de perderme a la primera oportunidad. Paso a paso, fuimos subiendo por los peldaños de la evolución humana. Yo había estudiado que nuestra historia evolutiva era una línea recta unida por diferentes puntos. No sospechaba que el árbol genealógico de nuestra estirpe de simios es más bien un arbusto abigarrado, donde la naturaleza ha ido probando y descartando al azar, sin un plan definido, trazando un tortuoso camino que viene durando trece millones de años. Somos los efímeros papelitos de colores lanzados al aire por la casualidad. El confeti de la evolución.

Suli se quedó atrás, perdido entre los descendientes de aquellas primeras oleadas de migrantes africanos. Suleimán el Magnífico andaba obnubilado leyendo los paneles, pendiente de lo que allí se contaba. Observé desde la distancia su concentración, el interés que mostraba en el más mínimo detalle. Supe que había regresado de nuevo a su morada, a ese lugar propio que solo él conocía.

En el yacimiento hacía un frío pelón, una rasca invernal que nadie se esperaba a finales de mayo. En Madrid ya estábamos con los últimos coletazos de la primavera, pero en Burgos aún no habían salido de la Pequeña Edad de Hielo. Me pregunté qué harían nuestros ancestros en aquel páramo desangelado, con lo bien que se estaba a la orilla del mar. Suli y Seisdedos se enfrascaron en los talleres organizados para niños. Se acabó el rap, el fumeteo a escondidas y las pelusillas del bigote; aquellos dos imberbes estaban más que felices lanzando flechas, encendiendo el fuego con cuatro palitroques y buscando piedras talladas en los albores de la Prehistoria. Margarita Lozano y yo aguantamos estoicamente en el corro de padres, dando saltitos y palmadas; no para aplaudir, sino para desquitarnos de aquel frío de narices.

De vuelta a Burgos, y con apenas un sándwich en la barriga, decidimos darnos un homenaje por todo lo alto. Buscamos un restaurante cerca del hotel, uno de esos recios restaurantes castellanos que te ofrecen las viandas propias para superar el frío. Nos sentamos en una mesa junto a la estufa de hierro.

—Bueno, ¿qué os ha parecido la guarida del *homo antecessor*? —dije para romper el hielo.

—A mí me ha sorprendido mucho el método de trabajo, se parece bastante a nuestras técnicas forenses —dijo Margarita.

—Bueno, los antropólogos son los forenses de la Prehistoria —respondí sin mucho conocimiento.

—Mi abuelo estudiaba estas cosas. En mi ciudad hay restos de cuando nos hicimos hombres. Yo vengo de la ciudad más antigua de la Tierra —nos confesó Suli de sopetón.

La forense y yo nos pusimos en guardia dispuestos a no perder la oportunidad.

—¿De qué ciudad eres, cariño? —le preguntó Margarita con dulzura.

—De la ciudadela redonda, entre el pequeño y el gran Zab, los ríos de la Vida —respondió.

Ante aquella escueta descripción, muy propia de *El Señor de los Anillos*, le pregunté con interés:

—¿Y dónde está eso?

—En el infierno —respondió Suli bajando la mirada.

Se hizo un silencio eterno. Seisdedos tuvo la habilidad de virar la conversación, retomando los éxitos de Suli con el arco en los talleres de Atapuerca. También nos reímos bastante con el lanzamiento de honda de Pablito, que se había dado una pedrada en el pie derecho, justo en uno de los dedos que tenía repetidos.

—Tú no hubieras sobrevivido al Paleolítico, querido —le dijo su madre con burla.

Comimos como leones hambrientos. A mí se me ocurrió pedir una olla podrida, que es algo así como un cerdo dentro de un puchero. Tuve que desabrocharme los botones del pantalón. Tras la cena, los niños estaban como locos por volver al hotel. Querían ver una serie de zombis en la habitación. Mi hermana les había reservado una *suite* doble con una televisión que ocupaba media pared.

Después de dejarles a buen recaudo, Margarita Lozano y yo decidimos dar un paseo hasta el monasterio de las Huelgas, siguiendo el curso del Arlanzón por la orilla derecha.

—Esto estaba antes lleno de hipopótamos —dije recordando lo aprendido en el yacimiento.

—Como nosotros ahora —dijo ella inflando los carrillos—. Tenemos que bajar un poco la comida.

Paseamos agarrados del brazo por la arboleda de alisos, fresnos y sauces, con el rugido de fondo del río. La noche era limpia y había subido algo la temperatura. No quisimos abordar las confesiones de Suli, dispuestos como estábamos a investigar el asunto por nuestra cuenta. Más bien recordamos anécdotas de la infancia, preguntándonos por la vida de unos y otros, de aquellos compañeros de baños estivales en el pantano de Riosequillo.

—El Berrugas se marchó a vivir a Inglaterra. Se casó con una actriz londinense guapísima —me contó.

—Con lo feo que era el Berrugas —recordé.

—Feo, pero con mucha gracia; tenía una capacidad innata para el teatro. Era un gran imitador.

—Sí, imitaba de lujo a mi madre —dije con cierta desazón.

Y estuve a punto de contarle a Margarita Lozano la carta-epitafio de mi madre, los remordimientos que me corroían desde entonces y el estado de desesperación en el que me encontraba. A cambio de reconocer mi cobardía, le regalé un alegato feminista a favor de la abadesa de las Huelgas, una mujer de altura que solo rendía cuentas ante el papa y ante el rey.

—Los obispos de la época se morían de rabia por el poderío de esta mujer. Hay un dicho en Castilla que prevalece: *manda más que la abadesa de las Huelgas* —concluí.

—Me encanta cómo cuentas las historias, Luis. Y me gusta más aún cómo las escribes —me alabó.

Regresamos al hotel cogidos de la mano, muy juntos, hablando sobre mis nuevos planes con la editorial. Su halago anterior hizo que le mostrara a un hombre renovado, ilusionado, que había tomado las riendas de una nueva vida al servicio de la literatura. Ni una palabra de Elisa, ni una mención al asesinato.

En el mostrador de recepción recuperamos nuestras llaves de las habitaciones. Yo estaba dispuesto a seguir con la conversación y a algo más. Estaba seguro de que ella también. Pero el maldito dúo de filibusteros estaba agazapado en los sillones del vestíbulo esperando nuestro regreso.

—¿No estabais viendo una serie? —pregunté sin disimular mi tono de enfado.

—Es que me duele la barriga —dijo el Seisdedos con cara de compungido.

Margarita Lozano me lanzó una mirada que yo interpreté como *luego te busco.* Le enseñé con discreción la llave para que leyera mi número de habitación, y me marché tranquilo dispuesto a esperarla. Ella me había guiñado un ojo como señal de aprobación.

Me duché a fondo, me lavé los dientes cuatro veces, recogí y doblé la ropa, me puse mis mejores calzoncillos, perfumé los calzoncillos, estiré la almohada, coloqué un libro en la mesita para impresionarla. Y así pasó media hora.

Sentí el deseo de una manera tan intensa que tuve que ducharme de nuevo con el agua fría. Vuelta de nuevo al desodorante, a la colonia y a toda la parafernalia de los preliminares. Ensayé frente al espejo las palabras que le diría, cómo le quitaría la ropa poco a poco, de arriba abajo, besándole el cuello, los pechos, las manos, hasta llegar a su pelvis. Mi grado de excitación iba *in crescendo.* Tarareé la *Novena* de Beethoven simulando perderme entre sus generosas caderas. ¿Habría vomitado el niño? ¿Estaría ella también acicalándose? Comencé de nuevo la liturgia de fragancias mientras pasaban los minutos, uno tras otro, y ella no venía.

A la una de la madrugada di por finalizada la espera y me lancé a la calle en busca de algo abierto para aplacar mi desesperación. Le di tres vueltas a la estatua del Cid Campeador, entré y salí cuatro veces por el arco de Santa María, mirando continuamente el teléfono. Ni un mensaje en el WhatsApp. Esperaba algo así como: «Lo siento, Luis. El niño tiene apendicitis y estoy en un taxi rumbo al hospital». Nada, ni una letra.

Después de mucho deambular, encontré un gastrobar abierto a la altura de la plaza Mayor y me acurruqué en un rincón, acodado en la barra, como hacían los borrachos solitarios a esas horas de la noche. Había hecho hasta cuatro veces el amor con Margarita Lozano en mi imaginación, y seguía más caliente que la atmósfera de Venus.

Para vencer el sofocón, me puse a leer los folletos del museo que me había guardado en el bolsillo de la chaqueta. El equipo de Atapuerca andaba analizando el material genético de un neandertal que había perdido el dedo de un pie. El detalle me hizo blasfemar contra Pablito Seisdedos, que estaría con una cagalera tremenda después del atracón de morcilla de Burgos que se había pegado.

Andaba yo absorto con aquellas historias del Pleistoceno cuando de repente les vi. Estaban sentados en una mesa del bar, mirándose embelesados y tocándose el uno al otro con la punta de los dedos. Ellos no podían verme desde su esquina.

—Vaya, vaya, así que los dos tortolitos también se han pillado un fin de semana libre —me dije—. Seguro que tendrán mucha más suerte que yo.

Reconocí al instante la prenda de Elisa, una chaqueta de purpurina rosa que se ponía para las fiestas informales. A él le quedaba un poco apretada y corta de mangas. Llevaba también sus tradicionales botas blancas de charol, relucientes como siempre. Me brotó la ira de la noche truncada y comencé a insultarle como un barriobajero, hablando bajito para adentro. El camarero me miró asustado. Otro loco, debió pensar.

—Qué rápido te has olvidado de ella —susurré.

Mientras yo le injuriaba, el bello comisario escuchaba, plenamente enamorado, las confesiones de Manolín. Observé que tenían las piernas entrelazadas bajo la mesa.

El socio de mi mujer se levantó para pedir la cuenta. «Tierra trágame», pensé con pánico a que me descubriera. Le tendría que explicar qué hacía en Burgos a esas horas de la noche, solo y en el mismo bar que ellos.

—¿Acaso nos estás espiando? —me diría Manolín.

Decidí esconderme en el baño a toda prisa. Fue entonces cuando me topé con aquel hombre, que estaba secándose las manos junto al lavabo. Era un hombre joven y atlético que olía en exceso a un perfume varonil de los caros; observé también que era zurdo. Me dijo «buenas noches» con cierto acento extranjero. Dispuesto a encerrarme durante un buen rato en el retrete, con el cerrojo echado, observé con el rabillo del ojo cómo el bello joven alzaba los brazos para agarrar su chaqueta. Me quedé muerto, con todos los músculos de mi cuerpo paralizados. Aquel extranjero tenía tatuado un primoroso trébol de cuatro hojas en el brazo derecho.

Cinco minutos después escuché el disparo. Solo uno. Y entendí, con una ráfaga de clarividencia, el pronombre en plural que había escrito mi madre en su carta: «sí, yo les he matado, o más bien he dado la orden para que alguien lo hiciera».

XVIII

Han pasado tres años desde la muerte de Manolín y casi cuatro de la de Elisa. Para mí han sido un auténtico calvario, ya que durante varios meses fui el principal sospechoso de la muerte de los dos. ¿Qué hacía yo en Burgos? ¿Cómo es que estaba en el mismo bar que la víctima a esas horas de la noche? ¿Por qué coincidí con el asesino en el baño? Todas estas circunstancias eran difíciles de explicar. Además, varios testigos declararon que me vieron merodear por la zona con evidentes signos de nerviosismo. Para colmo, el camarero testificó que me escuchó proferir insultos y amenazas contra la víctima.

—Estaba como loco, articulando palabras llenas de odio —dijo a la policía.

El bello comisario no estaba dispuesto a soltarme. Era su presa; la bala le había rozado el cuello de la camisa antes de incrustarse en la cabeza de Manolín. Todo encajaba para él: lugar, momento y móvil. A ojos de la opinión pública me convertí en un marido cornudo, un escritor fracasado que se había tomado la justicia por su mano.

Yo había visto al hombre del trébol de cuatro hojas en el baño y sin duda alguna le identifiqué como el asesino de Elisa. ¿Por qué no fui capaz de dar la voz de alarma? Me preguntaron en el interrogatorio. Pues porque el miedo te paraliza, te inactiva el cuerpo y te aturulla la garganta para que no salga de allí ni un sonido. De hecho, estuve más de cinco minutos escondido en el retrete antes de escuchar el disparo. Cuando tuve la certeza de que el peligro había pasado, salí de mi escondrijo. Me eché corriendo a la calle para incorporarme al corrillo de gente que ya rodeaba el cuerpo sin vida de Manolín. El comisario estaba arrodillado sobre él, levantándole la cabeza y llamando a gritos a una ambulancia. En un instante, que me pareció eterno, el muerto me clavó una mirada de terror.

Todos los testigos confirmaron que el asesino desapareció al instante, se tornó invisible. Disparó a dos metros de distancia, con un impacto certero, y se dio a la fuga a la velocidad del rayo. El único testigo que le vio la cara de cerca fui yo, en los lavabos del baño. Un hombre joven, atractivo, con musculatura de gimnasio y un pequeño hoyo en la barbilla al estilo Kirk Douglas. Reproduje su forma de hablar cuando me dio las *buenas noches*.

—Un acento extranjero del este de Europa —sentencié.

Mi hermana se encargó de organizar mi defensa. Contrató al mejor abogado de Madrid, pagó la fianza y reclutó a una serie de testigos que podían dar veracidad a mis argumentos. Antes me recordó el pacto que hicimos frente a la fogata donde quemamos la carta de nuestra madre.

—Ni una palabra, Luis. La carta de mamá nunca existió.

No hay que ser muy listo para saber que sin pruebas no hay caso. Además, echarle en esos momentos la culpa a una muerta me hubiera restado credibilidad. Habría quedado como un villano a ojos de todo el mundo y no estaba yo como para tirar piedras a mi propio tejado.

La primera testigo a mi favor fue Margarita Lozano, que aclaró nuestro viaje casual a Burgos para visitar con los niños el yacimiento de Atapuerca. En su declaración confirmó que me dejó en el vestíbulo del hotel sobre las once de la noche. A su hijo le había sentado mal la cena y subió a la habitación con los niños para preparar una manzanilla. Allí se quedó dormida y no supo más de mí hasta que recibió la llamada de la policía. No comentó nada de nuestro posible encuentro amoroso, del acuerdo no hablado de vernos más tarde en mi habitación.

—Conozco desde la infancia a Luis Candoroso y sería incapaz de hacer algo así —manifestó a mi favor.

La declaración de mi amiga supuso para mí una enorme decepción, como si a un poeta le robaran los versos. Su virtud como forense profesional quedó intacta, pero yo me sentí ultrajado. No en vano había pasado dos horas de excitación fantaseando con llevarme a la cama a la Bella Durmiente. Mientras yo me acicalaba para ella, esperando recalar en sus sublimes muslos, Margarita Lozano rompía la noche durmiendo a pierna suelta. No fue casual que me echara a la calle desesperado, deambulando de un lado a otro, quemando mi soledad en un gastrobar elegido al azar, el único local abierto aquella fatídica noche. Tras leer su declaración, no quise responder a sus llamadas e hice todo lo posible por no volver a verla. Más por ella que por mí, ya que quería evitarle el esfuerzo de darme cualquier tipo de explicación.

—Yo solo me aventuré a ese viaje por los chicos. Luis Candoroso no es más que un viejo amigo de la infancia. Él me daba cierta pena, porque estaba muy afectado por lo de su mujer —testificó mi querida amiga.

La defensa que maquinó mi hermana con el abogado se focalizó en culpabilizar a Elisa y Manolín; sacar a la luz los trapos sucios del negocio de tráfico de diamantes y mostrar a la policía la verdad: que yo había sido un pelele en manos de la pareja de forajidos. Consiguió que fuera a declarar Jaime

Astur, mi editor, que se postuló también como víctima del dúo maquiavélico y relató con pelos y señales los turbios negocios que hacía con Elisa.

—Luis, el marido, no sabía nada, le tuvimos engañado todos estos años. Mi editorial era una tapadera para blanquear dinero. Yo apenas sabía de la misa la mitad —confesó.

Más tarde supe que este testimonio estuvo bien remunerado con parte del dinero que obtuvo mi padre de la venta del chalet. Jaime Astur destapó la olla exprés de un oscuro negocio donde había muchos nombres de las buenas familias de Madrid.

Doña Paquita y la madre del Cucharilla también padecieron el inquisitorio interrogatorio del comisario, que no estaba dispuesto a soltarme tan fácilmente. Recordaron la infancia de Elisa, su amistad con Manolín y cómo ambos crearon un círculo diabólico para vengarse de las afrentas que sufrieron de pequeños. Con el asesinato de Manolín, la inocencia del Cucharilla quedaba confirmada. Se desmoronó por completo el absurdo móvil del crimen en torno al robo del reloj de oro.

Doña María, la madre del Cucharilla, supo aprovechar bien las circunstancias para lavar el nombre de su hijo y dejar a la policía a la altura de la suela de un zapato.

—Es que ni se molestaron en investigar. Ya tenían a un pobre infeliz a quien echarle las culpas. Entre los desamparados no hay presunción de inocencia —increpó al comisario a través de los medios de comunicación.

Doña Paquita, la maestra de Elisa, fue más allá, y relató a la policía la visita que le hizo un día nuestra madre, porque ya sospechaba algo de los negocios turbios de la nuera.

—Doña Mercedes de Castro solo quería proteger a su hijo. Se olía algo —concluyó.

Los periódicos del país comenzaron a echar chispas con la historia. El vodevil tenía todos los ingredientes necesarios para atrapar a los lectores, con una intriga por capítulos que se iba desvelando cada día. Poco a poco se iba cerrando el cerco contra la actividad ilícita de Elisa y Manolín. La prensa se apiadó de mí y me adjudicó el papel de víctima de la opereta. «Un intelectual en la inopia que había convivido con una mujer que le utilizaba para limpiar su dinero». Los medios de comunicación comenzaron a llamarme el Infante don Luis y pasé de ser un cornudo a un calzonazos.

La declaración de Aristóteles fue contundente para alejar definitivamente las sospechas de mi persona. Se sentó frente al comisario y, con una tranquilidad apabullante, le fue relatando mi confesión en el taxi cuando volvíamos del pueblo de los abuelos de Elisa. Entonces yo aún no había encontrado la carta de mi madre y me sinceré con el griego contándole los detalles de mi vida y las averiguaciones que había hecho hasta el momento. Fue tan noble que no reveló nada de la paternidad del hijo que esperaba Elisa. Era el dato que le faltaba a la prensa amarilla para terminar de escribir la telenovela.

La policía se puso por fin manos a la obra y encontró los diamantes escondidos en los sonajeros. Había numerosas cajas en el sótano de la tienda. El porcentaje de aciertos era el mismo que yo encontré en la casa: el dos por ciento de las calabazas contenían el tesoro. Salieron a la luz cuadernos de cuentas, correos electrónicos, albaranes de envíos, conversaciones grabadas y un sinfín de documentos que no dejaron lugar a dudas sobre la actividad ilegal de los dos asesinados. Los medios de comunicación desvelaron una trama corrupta que giraba en torno a una falsa ONG, una corporación mafiosa que traía los diamantes de África y los distribuía por toda Europa. Elisa y Manolín eran los cabecillas de la operación, pero contaban con el apoyo de diplomáticos y señoritos de postín, que aprovechaban su posición para colocar la mercancía. El escándalo fue monumental.

Ni uno solo de los documentos encontrados salpicó a mi madre. Afortunadamente, no había más copias del *pendrive* que le robé a Manolín con la documentación inculpatoria. Nuestra familia quedó libre de toda sospecha a ojos de la opinión pública. La madre del Cucharilla tenía razón: tener posición social es un privilegio, un pasaporte de inmunidad. Ya están los pobres y los desgraciados para pagar el pato. También me cayó del cielo un retrato literario que hizo de mi persona un periodista del *ABC*:

> «Luis Candoroso hace honor a su apellido. Es un hombre ilustrado, tranquilo y sincero, que nos ha dejado las mejores páginas escritas en la lengua de Cervantes sobre las grandes civilizaciones del pasado. Representa como nadie lo mejor de la cultura; una cultura en manos de un mercantilismo despreciable que trafica con el talento de los demás».

Casi de Casimira supo ver la oportunidad. Con las riendas de la editorial en las manos, tomó la decisión de reeditar todos mis trabajos anteriores y lanzar al mercado el libro de Santorini. Yo lo había aderezado con párrafos repletos de sensualidad y sexualidad, reproduciendo al pie de la letra mis calurosos encuentros conyugales con Elisa en la isla. La editorial La Cercada del Lobo se posicionó en el mercado con fuerza y mis libros comenzaron a venderse como churros. Cualquier comercial que se precie sabe que el morbo es el mejor ingrediente, y Casi de Casimira estuvo a la altura de las circunstancias.

La policía viró la investigación hacia el círculo de amigotes de Elisa y Manolín, liberándome por fin de la culpabilidad. Había mucho dinero de por medio y cualquier intermediario en el tráfico de diamantes podía haber encargado los asesinatos. Algún ultraje, concluyeron. El joven tatuado seguía a la fuga, con una orden internacional de búsqueda y captura. Seguramente, Popeye andaría por cualquier otro rincón del mundo haciendo de las suyas.

El espectáculo se hizo cada vez más grande, como una bola de nieve. Por los platós de televisión circularon los amantes de Manolín que regalaron a la audiencia testimonios de lo más variopintos. Había en todos ellos un denominador común: amoríos efímeros basados en el exceso; exceso de sexo y de dinero. Viajes a los confines del mundo en primera clase y una relación enfermiza de posesión. Manolín se apoderaba de la voluntad de los amantes para luego abandonarles a su suerte.

—Se pasaba el día hablando de su madre —confesó una de sus conquistas.

Se confirmaron mis sospechas: doña Petra, la madre de Manolín, no existía. Los periodistas indagaron en su pasado y encontraron el certificado de defunción de sus padres. Habían muerto veinticinco años atrás por una intoxicación debida a la mala combustión de una estufa de gas. Se dispararon todas las sospechas hacia Manolín, que tendría unos veinte años cuando el accidente. De la noche a la mañana, el socio de mi mujer se convirtió en el protagonista de *Psicosis* a la madrileña. Los periodistas se confabularon para recrear una historia a la altura del genio de Hitchcock: el hijo mariquita de una madre infeliz que no le supo proteger de un padre violento.

Yo recordé los percances fortuitos que me había contado la madre del Cucharilla en la casa de la portería, y comencé a atar cabos. ¿Y si ambos eran unos psicópatas, que se quitaban de en medio a cualquiera que obstaculizara su camino? ¿Había convivido doce años con una perturbada? ¿Estuvo también mi vida en juego? Llegué a la conclusión de que no; ella sabía perfectamente que yo era su servil esclavo, el hombre de paja de la reina de diamantes.

Desde el principio, evitamos a toda costa que Suli se viera involucrado en la historia. Se marchó al pueblo con mi padre y la prima Rosita, que se hicieron cargo de él durante un año completo. Allí estudió tercero de la ESO, protegido, blindado, hasta que las habladurías del caso se difuminaron y fueron sustituidas por otras. Durante ese año, Suleimán creció como una palmera y se convirtió en un muchachote fornido, nada que ver con el pequeño canijo que nos entregó la Administración. Los estofados y arrumacos de la prima Rosita habían hecho su efecto. También se reconcilió con el mundo, mostrando una actitud más confiada y abierta. Entre los limpios aires del Jerte, la fidelidad de la perrita Flori y el cuidado de los abuelos adoptivos, Suli se convirtió en el hijo que yo hubiera deseado tener.

Mi vida a lo largo de estos últimos cuatro años ha tenido sus altibajos y la memoria de Elisa se ha ido difuminando lentamente. La china Lola ha contribuido bastante a esto último. El antipático de su marido se marchó a Pekín hace un par de años y, felizmente, aún no ha regresado. Con esta liberación, la china Lola se ha convertido en el alma del barrio. Aparte de los churros del desayuno, ha aprendido a cocinar la tortilla de patatas con cebolla y los callos a la madrileña. No hay un local más castizo que el Tinta China en todo Lavapiés.

La china Lola también se ha convertido en mi amante. Viene a mí casi todas las noches con sus alas de mariposa, dispuesta a tejer una tela de araña de camisones transparentes. Está completamente chiflada, loca de remate, pero por ella soy capaz de comerme hasta su tortilla de patatas. En la cama, la china Lola es un dragón articulado que desprende su fuego entre las sábanas. Con ella cruzo todas las noches el arco de la victoria. Algunas veces sueño con el marido; ese maldito chino de ceño fruncido. Le imagino como un guerrero de terracota que regresa para abrirme en canal con su espada de hierro.

—¿No podrías buscarte una mujer normal? —me increpa mi hermana.

Desde luego que la china Lola no es una mujer normal ni lo pretende. Vive aislada en su mundo de churros y fritangas. Hay mañanas que se viste de chulapa para levantar el negocio con un clavel en la frente. Dice que Madrid se ha adaptado muy bien a ella.

—Soy su concubino, y lo acepto sin más —le respondo a Rosarito.

XIX

«El Sol es nuevo cada día».
Heráclito

Aristóteles nos lleva al aeropuerto. Se ha vestido de traje para la ocasión. Nos recuerda que somos un par de dioses paganos que no atienden a llantos. Se refiere a mi hermana Rosario, que ha hecho todo lo posible por impedir este viaje. Desde pataletas infantiles a chantajes emocionales. Según ella, nuestra aventura es una grandísima insensatez. Pero yo se lo prometí a Suli; le dije que le llevaría a su casa, aun a riesgo de perderle. Estoy preparado para asumir la posibilidad de que no quiera regresar conmigo. Lleva algo más de cuatro años con nosotros cargando con sus demonios a la grupa. Ha llegado la hora de la reconciliación, de guardar la tristeza en el envés de su *dishdasha*, la túnica de los hombres de Babilonia. Suleimán Khalifa, hijo de Salah y de Fadilah, está preparado para regresar a la noche de Bagdad.

Por fin encontró las palabras. Palabras duras, de sangre, dolor y miedo, que me relató una tarde de paseo junto a las pozas del río. Uno no puede entregarse sin ser dueño del lenguaje. Y cuando Suleimán tuvo la seguridad que nos otorgan los verbos, los sustantivos y los adjetivos, me abrió su corazón.

—¿A dónde vas con el ukelele? —me interrogó Rosarito esta misma mañana poco antes de partir.

La ciudad de Suli es redonda como un pan. La he recorrido mil veces a golpe de ratón. Se asienta sobre una meseta flanqueada por dos ríos que bajan de los montes Hasarok para regalar una fértil llanura en las fauces del desierto. Como nos dijo, Erbil es la ciudad habitada más antigua del mundo. Se levanta sobre un montículo creado durante milenios por la sucesión de civilizaciones en el mismo lugar. Ciudad sobre ciudad. Acadios, sumerios, babilonios, asirios, persas, griegos, árabes, mongoles, otomanos y kurdos habitaron Erbil de manera ininterrumpida durante los últimos 7300 años. Allí nació y creció Suli, presenciando cómo unos energúmenos que decían hablar en nombre de Dios imponían una nueva ley y un nuevo orden, un régimen de tambores de guerra donde la solidaridad humana no tiene cabida. De nuevo, una capa negra se extendió sobre el Eúfrates, de una orilla a otra, tras 73 siglos de insomnio.

—¿Lleváis el teléfono de la embajada? —me ha vuelto a preguntar mi hermana por enésima vez.

Su padre, Salah Khalifa, profesor de agronomía en la Universidad de Salahaddin, les hizo frente a los barbudos desde la tarima. Habló a los alumnos de la grandeza de pensar por uno mismo, de la felicidad que otorga preservar el bien moral y defender la libertad.

—En cualquier rincón de la Tierra, ellos siempre comienzan igual: quemando los libros del saber —les recalcó.

Las consecuencias fueron catastróficas para la familia. Los compañeros del profesor, que siempre fue un hombre muy respetado, comenzaron a evitar su mirada y a esquivarle por los pasillos. Los alumnos dejaron de acudir a clase y, fuera donde fuera Salah Khalifa, se abría un silencio sepulcral ante su presencia. Una mañana encontró en la mesa de su despacho la carta de despido; un párrafo corto y determinante sin una sola palabra de agradecimiento.

Los padres de Suli comenzaron a preparar un plan para escapar hacia el norte, cruzando la cordillera de Zagros hasta llegar al altiplano armenio y emprender así la ruta hacia Europa. Su madre, Fadilah, tenía familiares lejanos en Nápoles, ya que su abuela era oriunda del sur de Italia.

—¿Por eso sabes hablar algo de italiano? —le pregunté a Suli.

Fadilah les había enseñado a los niños a chapurrear la lengua de la bisabuela y a cantar unas cuantas tarantelas napolitanas. También despertó en ellos la admiración hacia su padre, el abuelo aventurero de Suli, un reconocido arqueólogo que se hizo famoso por sacar a la luz los secretos de la ciudad de Ur. Así fue como supimos que Suleimán venía de una familia kurda de larga tradición cultural, cuyos antepasados habían descifrado los códigos sumerios de la vieja Mesopotamia.

Pero la civilización es una fina lámina que se rompe en cualquier momento por la ira del infierno. Tener cultura y sabiduría puede ser una llamada a la tragedia, como así ocurrió.

Era el día del 43 cumpleaños de su padre, Fadilah había preparado una comida especial para celebrarlo. La mesa estaba ya lista con los pequeños platos de la *mêzzä*, el típico aperitivo kurdo: *tahini*, *hummus*, *turshi* y *tzatziki*. El hermano mediano de Suli correteaba por la casa jugando tras la gata, mientras la pequeña Sarah dormía plácidamente entre los brazos de su padre.

Suleimán se encontraba a varias calles de la escena, sentado en la silla del viejo Mustafá, el barbero de la comunidad, cuando se escuchó la ráfaga de la metralleta.

—Ya eres casi un hombre y tienes que llevar el cabello como tal —le dijo su madre esa misma mañana, sin sospechar que le estaba salvando la vida.

Algo en su interior le hizo entender lo ocurrido y corrió con desesperación hacia su casa. El cadáver de la madre yacía en la cocina, con la túnica dorada manchada por el reguero de sangre. Su padre protegía entre sus brazos el diminuto cuerpo de su hija pequeña, que aún mantenía el chupete aferrado a la boca. Suleimán alcanzó a ver la cabeza de su padre completamente destrozada, con los ojos fuera de las órbitas. Alfanjes de plata le habían seccionado los dedos de la mano. Así señalan los bárbaros al traidor. Fueron los vecinos los que encontraron a su hermano muerto junto a la gata. Su cuerpo estaba todavía caliente. El pobre Ahmad apenas había vivido 10 años. ¿Qué hordas de salvajes cortan una rosa aún por abrir?

—Todo el mundo decía que mi hermano era un genio —me dijo Suli contemplando el agua del río.

Lo último que vio Suleimán antes de desmayarse fueron los pececillos rojos en el suelo. Tenían los ojos vidriosos de la luna llena y aún movían las aletas plateadas. Parecían pequeños sarcófagos flotando en un río de sangre.

—¿Para qué llevas ese instrumento, Luis? Si no sabes tocar —me pregunta Suli.

—Es el regalo para tu familia —le respondo.

La hermana de su padre, Ashti, vino a recogerle desde Bagdad para llevárselo a las montañas. Allí pasó dos semanas con unas fiebres terribles al cuidado permanente de su tía. Entre todos los parientes hicieron una colecta para pagar el viaje a Suleimán, que debía marcharse cuanto antes. Los energúmenos andaban merodeando por la región, y todo el mundo sabe que los malos nunca dejan un cabo suelto. La tía Ashti consiguió juntar doce millones de dinares, que contenían las dotes de todas sus primas y los ahorros de la familia. Acompañó al niño hasta la frontera, jugándose ella también la vida. Como en todas las guerras, ni las mujeres ni los niños importan. Son cuerpos sin rango entre los mares del terror.

La tía Asthi pagó a las mafias organizadas; grupos de hombres armados que se arremolinan en las fronteras para sacar rédito a las tragedias ajenas. Trafican con la desgracia y comercian con la memoria de los peces muertos en el suelo. Allí le asignaron a otro infeliz como compañero de viaje, un triste kurdo de Duhok al que la tía encomendó a su sobrino. A cambio le metió al hombre los restos del botín familiar en el bolsillo.

—Allí en Europa tienes que ir limpio y sonreír siempre, te ganarás mejor la confianza de la gente. Nadie quiere ver la tristeza ni la pobreza —le dijo su tía Asthi poco antes de despedirse.

Los dos polizones entraron en Turquía en la barriga de un camión que transportaba pistachos, escondidos en sendas cajas de cartón con orificios para respirar; arrodillados a ratos, en cuclillas otros. Para los tres días que duró la travesía les dieron una botella de agua y una bolsa de dátiles. Tuvieron que hacerse todo encima.

—No podía soportar mi propio olor —me relató Suli.

Cruzaron la frontera con Bulgaria durante una gélida madrugada del mes de febrero. El conductor les abrió las puertas del camión a las afueras de Sofía, y allí les soltó a su suerte. Estaban mojados, hambrientos y muertos de frío. Aquel hombre, al que su tía había confiado su destino, no pronunció ni una sola palabra mientras estuvieron juntos, pero le llevó a una casa donde les dieron ropa limpia y comida, y dos billetes de autobús con rumbo a Alemania.

A partir de aquí, se valida la versión que obtuvo Margarita Lozano de la policía. En Alemania, pasaron varias semanas en un centro de acogida en la ciudad de Hannover, hasta que consiguieron el dinero suficiente para viajar a París, el destino del falso tío. En los suburbios pobres de la Ciudad de la Luz, unos parientes del compañero kurdo les acogieron en una habitación con otras cinco personas. Allí vivieron hacinados unos cuantos meses más, hurgando durante el día entre la basura de los grandes restaurantes parisinos.

¿Cómo llegó Suleimán hasta Madrid? Por el fútbol. Presenció un partido del Real Madrid contra el Paris-Saint Germain y se quedó prendado de la habilidad de Courtois, el portero. Cambió los dinares que le había dado su tía y se subió a otro autobús con rumbo a la capital de España. El kurdo de Duhok le acompañó hasta la estación. Tampoco fue entonces capaz de decirle una palabra, pero le puso las manos en la cabeza a modo de despedida y le regaló una *quora* bordada, la camisa larga de los hombres de su tribu.

La misma mañana que Elisa y el Cucharilla perdieron la vida a manos de Popeye, la policía nacional encontraba a Suleimán dándose un baño en una fuente del Retiro. «Un niño abandonado que chapurrea algo de italiano. Nos recibe muy pulcro y con una gran sonrisa», según se puede leer en el atestado.

A punto de llegar al aeropuerto de Barajas, Suli me muestra de nuevo orgulloso su pasaporte español. Ambos sabemos que es una garantía, un seguro de vida en su país de origen. Se ha puesto su mejor traje, el que le compró mi hermana para la boda de los abuelos. Quiere estar impecable cuando lleguemos a Bagdad este anochecer. Allí nos espera su tía Asthi, con la que hemos hablado en numerosas ocasiones. No verá al niño de trece años que liberó hace casi un lustro, sino a un hombre de 18 años hecho y derecho, un joven bien elegante a punto de entrar en la universidad.

Suleimán no sabe que su tía me envió la foto, y yo no he tenido aún el valor de mostrársela. Se trata de una instantánea de la familia Khalifa celebrando el año nuevo. Su hermano Ahmad está sentado junto a Suli, pasándole el brazo por encima con un gesto de complicidad fraternal. Sus padres posan atrás muy sonrientes, sosteniendo a la pequeña Sarah. La niña duerme bien segura sobre el pecho de la madre. La mano protectora del padre recae sobre la espalda del bebé. En esta imagen, el profesor Khalifa es el centinela de la familia, el guardián de los sueños. Mil veces he repasado la imagen que se ve al fondo de la habitación: un tapiz de leones alados con arqueros a caballo flanqueando las puertas de un palacio. Mil veces he recordado el llanto desesperado de Suli en el salón de los tapices de la abuela Palmira. Creo en las casualidades. Ambas telas han sobrevivido a la encrucijada del tiempo para reencontrarse. Nadie sabe que se trata del dolor de una dinastía. Suleimán y yo somos los descendientes de Babilonia.

Voy más que feliz sentado junto a Aristóteles en el asiento del copiloto. Esta mañana, le he sacado brillo a los zapatos rojos de don Lorenzino que ahora relucen en mis pies como los rayos del sol. Tengo muchos proyectos para este viaje. Quizás escriba la biografía inventada de mi abuela Palmira o tal vez relate las desventuras de un niño que habitaba la ciudadela redonda, entre los ríos de la Vida. De lo que estoy seguro es que removeré cielo y tierra para encontrar el tapiz de Suleimán y seguir la pista de su procedencia. En ambos lienzos está nuestra morada.

Las manos de Suli bailotean al ritmo de la música que suena en la radio del taxi. Se trata del *swing* favorito de mi madre, el que marcó su último baile en el mundo de los vivos. Los tres nos venimos arriba con esta versión de Disney que canta el mono loco de *El libro de la selva*:

> «Yo soy el rey del *jazz* a go go,
> el más mono rey del *swing*.
> Más alto ya no he de subir
> y esto me hace sufrir.
> ¡Ah, du bi du!».

Aristóteles (otro centinela) nos rodea con sus brazos y descarga nuestras maletas frente a la terminal. Yo agarro el ukelele y lo agito. Sí, dentro están los sesenta diamantes de Elisa. Con ellos confío pagar las dotes de todas las primas de Suli y dejarle a la tía un remanente por si tiene que salvar a más parientes.

Ya sentados en el avión, Suleimán me sonríe. Miramos ambos por la ventanilla juntando nuestras cabezas.

La Tierra sigue girando bajo nuestros pies y la sed arenosa de todos los desiertos nos acompaña.

Epílogo

En Madrid, seis años y medio antes

—Hola, Rosarito, hija. ¿Te pillo bien?

—Sí, mamá. ¿Cómo te encuentras hoy?

—Voy tirando. Te llamo para desahogarme un poco. Ha estado aquí la mujer de tu hermano, esa pelandusca de tres al cuarto. Se ha presentado vestida de Lady Di, con pamela y todo. Si es que es más cursi que un repollo. Lo peor es que venía con la artillería pesada.

—¿A qué te refieres, mamá?

—Pues que venía en son de guerra, dispuesta a chantajearme con una serie de papeles que se ha sacado de la manga. Un asunto político de vete tú a saber cuándo. Nunca pensé que se atrevería a venir a mi propia casa a amenazarme directamente, y mucho menos en mi lecho de muerte. Estaba esperando el momento de verme débil para atacar. Como los buitres.

—Pero ¿qué te ha dicho?

—Tonterías que se ha inventado para hacerme quedar mal. Se creerá que no sé a lo que se dedica ella con el mariquituso ese. Va a venir ahora a ponerse de ejemplo, la muy sinvergüenza. La nieta de unos porteros, la huérfana de una drogadicta. Ya era hora de que alguien se lo dijera. La he echado con cajas destempladas y le he dicho que no quiero volver a verla nunca jamás.

—Mamá, tú tranquila. De esto no le digas una palabra a Luisito, que ya sabes cómo se pone.

—Esto no va a quedar así, hija. Voy a dejarlo todo atado y bien atado con el último aliento de vida que me queda. ¡Por encima de mi cadáver que esa fulana se salga con la suya!

—Ya sabes que Luis defiende a su mujer a capa y espada. Déjalo pasar, mamá. No merece la pena. Él está feliz así.

—Lo que está tu hermano es en la inopia. Vive en el mundo irreal que le ha fabricado ella. Hija mía, ya no tengo nada que perder y sé muy bien a quién recurrir. Para eso te llamo. Eres la única persona en el mundo en quien puedo confiar. Quiero que seas mi cómplice.

—¿Cómplice de qué? Recuerda que el médico te dijo que la medicación te podía generar alucinaciones.

—¿Qué alucinaciones ni qué niño muerto? ¿Estás tonta? Tienes que escucharme, Rosarito. Lo tengo todo bien pensado y sé perfectamente cómo ejecutar el plan. Ahora bien, tú habrás de resolver cualquier contratiempo cuando yo no esté.

—Bueeeeno. Esta tarde me acerco a verte y me cuentas. ¿Quieres que te lleve los sándwiches de Rodilla?

—Sí, pero sin pepinillos, que se me repiten.

Agradecimientos

Este libro surge de los cientos de miles de pasos que he caminado por los extramuros de Granada, a veces acompañada de mi amiga Elo y otras en soledad, pero siempre con el cortejo y el cariño fiel de mi perrita Tami. Los aledaños de la Alhambra y sus cuestas me han servido para aislarme y pergeñar esta historia de «hombres buenos y mujeres regulares», como sentencia generosamente mi madre.

En este deambular por la ficción quisiera mencionar a personas clave en la consecución y finalización de la novela:

No puedo olvidar a mi querida Diana Alonso, que me puso en contacto con La Discreta, y aparecieron con su varita mágica Elena Cianca y Emilio Gavilanes, mis editores.

Mi amiga Mari Ángeles Pérez de Rueda me ayudó infinito con sus «comentarios de texto» y opiniones. Su generosidad no tiene parangón. Ha de saber que es una escritora magnífica; solo le falta creérselo. Con nuestra compañera Ana Cortés, fotógrafa y escritora, conformamos un grupo peligroso.

Mi hermana Pilar ha estado presente en todos los inventos y ocurrencias de *El centinela de mi puerta*. Es la «Mateos» más pragmática; me pone los pies en la Tierra en esto de la escritura. Mis hermanos Kiko y Alfredo hacen todo lo contrario: se van (como yo) por las nubes.

La pizpireta Coco Vida, también escritora, es mi madrina literaria. Ella dice siempre lo que se le pasa por la cabeza, sin filtros ni tonterías. Así lo ha hecho también tras una primera lectura de este libro. Gracias a Coco he conocido al Comando Realejo, un magnífico grupo de entusiastas por la historia antigua y el buen comer.

Sarah Niazi me regaló el amor por la cultura de sus antepasados y me acercó a la poesía de su padre —Salah Niazi— el gran referente literario iraquí en el exilio. Los versos de Salah inspiraron el personaje de Suleimán. Conocer a Sarah y a su familia ha sido un regalo de la providencia. Sus habilidades gastronómicas te transportan a las viejas civilizaciones de Oriente Medio y traen sabores olvidados que siguen adheridos a nuestra genética.

Mi admiración por Marisol Ramírez, que escucha con atención mis alegatos científicos, pero sigue creyendo en los dioses y diosas del Olimpo. Participó también en la difícil búsqueda del título para esta novela.

Mis amigas de Mallorca siguen bien presentes en mi vida y mantenemos la grandeza de compartir lecturas, viajes y experiencias. Melanie, Teresa, Montse, Carmeta, Conchi, Begoña, Nívola... Son esa orilla soleada del Mediterráneo donde recalar.

Nunca esperas en la madurez encontrar a un par de nuevos y buenos amigos. Ramón Maschio y Carmen Huete no solo alientan mi escritura, sino que me ofrecen un mundo paralelo de buena música y bellas palabras.

Gracias infinitas a mis padres, Luis y Pilar, que me regalaron el amor por la lectura y me ofrecieron una formación de mujer libre.

Un recuerdo muy especial a mi tío Claudio Mateos, el primer escritor de la familia, en cuyo honor regreso con este libro a las aguas del Jerte y a los campos de su querida Extremadura.

Benito Martín es mi león alado, el centinela de mis sueños. Como el Maestro, también restaura y arregla todo lo que cae en sus manos. Otro hombre bondadoso.

Guille, Julia y Teresa me inspiran más de lo que creen. Mis hijos beben de la música libre, de las pantallas y el metaverso. Estoy muy orgullosa de ellos. Confío que algún día lean a su madre con benevolencia.

Quiero agradecer desde estas páginas a todos los amigos, compañeros del IGME-CSIC y amplia familia que me acompañan desde los cuatro puntos cardinales por este territorio de la ficción y el cuento. Un cariño muy especial hacia mis lectores porque, como dice Luis Candoroso, la única misión del que escribe es complacerles.

ÍNDICE